U0932010

十二人

吳俊賢 著

十二人
作者／吳俊賢
責任編輯／卓希雪
美術設計／陳詩韻
插圖／ Wong Ho Yee 黃皓怡
出版發行／突破出版社
香港沙田亞公角山路 33 號突破青年村
電話：2632 0000　傳真：2632 0388
電郵：breakthrough@breakthrough.org.hk
網址：http://www.breakthrough.org.hk
http://www.btproduct.com
承印／陽光（彩美）印刷有限公司
2024 年 2 月初版 1 刷

The Twelve
by Ng Chun Yin
First Printing, First Edition, February 2024

Printed in Hong Kong
ISBN 978-988-8562-98-5

本書採用環保油墨印刷

或坐在巨人的肩膀上，或呷一口書香，讓我們的生活漸次提升，讓眼界更見遼闊。

目錄

自序：沒有主角的小說

吳俊賢

我素來不喜歡看英雄片，也不愛看那些金童玉女終成眷屬的故事。並非出於嫉妒心理，除了情節不符現實（例如擁有金剛不敗之身的鐵甲人拯救世界、女主角摔倒時，真命天子會及時伸出溫柔的臂彎承托她），這些影視作品也過於夢幻，將現實世界映襯得滿目瘡痍。屏幕裏的主角永遠頭戴光環，身經百戰仍不死，相反，旁邊輪廓模糊的配角，因劇情需要，很快就要犧牲，或被迫淡出熒幕。人人生而平等，每人都是自己生命裏的主角，憑什麼要所有人圍着這對癡男怨女團團轉？

於是忽發奇想，想寫一部沒有主角的小說。我希望這個故事能略帶溫情、老少咸宜，讓讀者穿梭於不同角色的生命，像踏上一條寬敞的走廊，沿途開啟兩旁的房門，發掘截然不同的景色。就這樣，我用了一個暑期的時間，寫成《十二人》這部作品。

小說以初中生蔣小舒作為敍事者，娓娓道出他身邊十一位親友鄰舍的故事。角色穿插於不同章節，鎂光燈由小舒的位置開始，輪流照射各人的臉，掀開每個角色的秘密與隱衷。故事中沒有哪個角色比較重要或卑微。他們同時是綠葉和牡丹，是別人故事裏的配角，也是自己生命裏的主角，是襯托別人和被襯托的人。

故事雖以蔣小舒的視角書寫，但我沒有特意為小舒開拓一個屬於他的章節，如他在尾聲裏提到：「我的故事，其實就是他們的故事。」人類是羣居動物，我們的故事總是離不開人：與親人的依附或疏離、與友人的矛盾與諒解、與愛人的纏綿和訣別……凡此種種經歷，都不能單靠一人來成就。

蔣小舒生性敏感、富好奇心，情緒容易波動，也易受旁人影響，這種性格注定他會常常自尋煩惱，只能享受短暫而微「小」的「舒」適，但正因如此，相比那些自我中心、感官麻木、只懂得顧全自己的人，小舒更能體察他人的難處，展現一顆同理心。

成長路上，我們或多或少都曾經歷小舒的糾結、悵惘和自責，複雜的成人世界，時刻無情地催促我們成長。兒時總認為年滿十八歲就能享有自由，擺脫校園和家庭的枷鎖，事實上，成長後要學習的課題只會更艱深。成年人其實是最孤獨的人，他們故作堅強，其實經常虛掩房門悄悄地哭。故事中，每人都流過了淚，並非他們軟弱，而是因為人間有情。

這本小說不是一所呵護心靈的溫室，相反，它是一塊荒蕪的田地，經歷風吹雨打後，嫩綠的新芽才會破土而出，儼如書中角色必須經歷苦難，才能感受人情冷暖。

感謝突破出版社賜予我如此寶貴的機會，讓本書得以出版。感謝胡燕青老師的推薦，謝謝編輯伍小姐和卓小姐的包容和理解，讓生肖這個核心框架得以保留。事實上，生肖僅是故事的骨幹，重心仍是骨子裏的血肉，本書內容沒有鼓吹迷信的傾向。多虧我的父親和外婆，自小向我灌輸這十二個符碼，使我深深着迷，背得滾瓜爛熟。一直想寫一部關於生肖的小說，小作粗劣，但總算了卻一個心願。

希望讀者喜歡故事裏每一個角色，乃至身邊每一個人的故事。

主要人物

楊彩富（富姨、虎姐），生於一九七四年。

葉永久（阿九），生於一九八二年。

朱孝軒（小朱），生於一九九五年。

蔣小舒（小舒），生於二零零八年。

蔣天牢（牛哥），生於一九六一年。

楊彩霞（楊媽媽），生於一九七九年。

侯十芳（侯婆婆），生於一九四四年。

蔣海濤（阿濤叔叔），生於一九七五年。

龍有祿（龍伯伯），生於一九五二年。

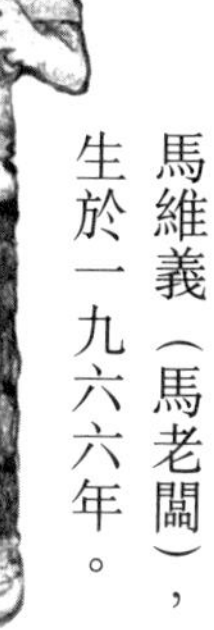

馬維義（馬老闆），生於一九六六年。

佘梓嫻（阿佘），生於二零零一年。

葉繼康（繼康叔），生於一九五七年。

一

馬達餐廳的黃昏

午後陽光西斜，熱辣辣地照在馬達餐廳的門上。

縱使茶餐廳內有冷氣，但我仍感到體內有隻紅火蟻在急速地爬行，熱得我不得不揪着校服的領口，不斷扇動着。傳聞紅火蟻與一般的螞蟻不同，牠們身上帶有劇毒，會叮咬人，使皮膚變得紅腫過敏。

我見過紅火蟻，那是在龍伯伯門前發現的。龍伯伯的家門經常緊鎖，那是一道啡銅色，充滿西方古典氣派的鐵閘。但門縫再窄再緊，始終百密一疏。我蹲在龍伯伯的家門前，看見一羣螞蟻列隊而出，當中有一兩隻醒目的紅火蟻摻雜其中。怪異、礙眼、不從眾，一如門內的龍伯伯。

我在餐桌上做作業，手枕在玻璃桌面上，冰涼冰涼的，但天氣實在太熱了，我的注意力已被高溫融化，變得心不在焉。

我面向大門，看見映入室內的陽光，把貼在牆上的餐牌照得亮燦燦的。那一張張螢光黃色的大紙，滿佈馬老闆用黑色箱頭筆寫下的秀麗字跡：福建炒飯、星洲炒米、乾炒牛河……某些剔和勾顯得乏力，像壁虎的斷尾，大概跟馬老闆的手指抹不開關係。

志聰坐在卡座對面，背向大門，面容因背光而黯淡。

我們分喝一杯紅豆冰，冰塊融化後，甜味變得很淡，啜一口，不怎好喝，還是推給志聰享用吧。沒想到，我這輕輕一推，高身塑膠杯子竟然在玻璃桌上滑行起來！它像冰壺一樣，缺乏摩擦力的阻擋，迅速越過桌子邊緣，墜落到志聰那頭。

「哐啷——！」褲腳傳來一陣微涼。

我目瞪口呆，餐廳內所有人聞聲轉過頭，目光都投射在我們身上。志聰從卡座上躍起，連忙檢查褲子，幸好紅豆冰喝剩很少，而且只擦過褲管，沾濕了褲尾，不然這樣子踏出餐廳，人家還以為這個初中生仍尿褲子。我連忙向志聰道歉，邊掏出紙手帕給他。

「點呀你哋，論論盡盡，同你地出街真係好瘀！」阿佘也懶得走過來，依舊坐在近門的卡座。

我還以為，她會眼睜睜看我們狼狽，也不願承認志聰跟她有任何關係。難怪我這樣想，剛才分明是她提議放學後跟我們來馬達餐廳的，進門後卻兵分兩路，我和志聰坐在卡座，她就逕自坐在門邊等小朱，像互不相識似的。

我想，倘若我有個姐姐，定不會像阿余對待志聰那般漫不經心。

語畢，她扔來一包紙巾，算是她能給予的最大的關懷。然後回頭，繼續與小朱分喝着凍檸茶。二人卿卿我我，彷彿注視彼此的眼就能吸啜到杯中的甜膩。她手裏的檸檬茶仍有半杯，飲管咬得扁塌了。凍檸茶放久了會變苦，像發酵的感情，過了品嘗的最佳期限，再不好喝。

地磚一片狼藉，塑料杯的表面破出一條裂痕，瘀紅色的水滲進磚縫，順着紋理不斷蔓延。

馬老闆前來，我怕他會生氣，罵我一頓，或扣減楊媽媽微薄的工資作為賠償。可是他依舊露出寬厚的笑容，眉頭沒有皺起，嘴角上揚，上唇的鬍子彷彿在跳動。馬老闆說：「不打緊，小舒、志聰，過來！我替你們換個位置。來這邊做功課。」一邊撥動手掌，引領我們換位。

馬老闆有一雙粗糙的大手，無名指特別短小，因為缺了一節指骨，有點礙眼。

爸媽常說，馬老闆是我們的恩人。倘若當年那一刀砍進了阿濤的胸口，今天家裏再不會迴盪阿濤叔叔的笑聲。爸爸也再沒有喝酒的伴兒。

楊媽媽手握地拖，怒氣沖沖地從雜物房踏出來，我就知道自己要受罪了。「小舒，你就不能讓人省省心！你看，你弄髒了人家馬老闆的地方！哎喲，志聰你沒事吧？你看，杯子都摔壞了，我要扣你的零用錢，賠給馬老闆！」楊媽媽連珠發炮地說，不容我置喙，但我自知理虧，沒有反駁，只好委屈地低着頭。

馬老闆連忙替我打圓場：「哎，阿霞，小舒只是個孩子，別為難他。」

楊媽媽彎着腰，掃去地上的紅豆顆粒時，抬頭瞪了我一眼。

此時，茶餐廳的門推開，一個佝僂的身影弓着背，像隻弱小的駱駝，拖着小籃子走進來。楊媽媽的神情瞬即改變，放下地拖，走到收銀處拿起一個盛好的發泡膠飯盒，遞給了侯婆婆。飯盒鼓脹，看是盛滿了飯菜，楊媽媽要用橡皮圈捆着它，免得封口被撐破。我看見開口處躍出了根青菜。

侯婆婆說：「不用了，我就是坐坐而已。」楊媽媽堅持，她也只好接過飯盒。我們街坊都知道，善待侯婆婆是一種義務，除了物質上的援助，楊媽媽還有耐心傾聽她的故事。

楊媽媽對任何人都善良，像頭綿羊，但在家裏對着我和爸爸，總是動輒發怒。街坊都說楊媽媽和富姨不相像，我卻認為她們是不折不扣的兩姐妹。

安頓了侯婆婆，楊媽媽才發現門旁的阿佘和小朱。她拿起地拖，繼續清潔地板，邊說：「小朱咁得閒，可以大駕光臨，點解唔請我家姐、你老細過嚟飲杯茶呀？」說罷淺笑一聲。

現在未到下班時間，小朱能在餐廳出現，顯然是背着富姨偷偷溜出來的。楊媽媽怕她的話顯得有點挖苦，一改語氣，勸他說：「間中偷下雞無所謂，但唔好蛇王太耐，你知啦，我姐不是盞省油的燈。」

小朱尷尬一笑，和阿佘面面相覷，頓時像個被戳穿的氣球，洩了氣。多聊兩句，小朱便抽起公事包匆匆離開了。我想他的公事包必定藏着一疊厚厚的傳單，傳單印刷着「富榮地產」的名字，還有大量不明所以的數字。我的數學成績不俗，但每當數字脱離了試卷，遷移到現實生活的處境，我總是一頭霧水。

志聰曾遞給我一疊富榮地產的傳單，我訝異地問：「你哪兒偷來這麼多富榮的傳單？因住我告訴富姨。」

志聰沒好氣地說：「你富姨的員工小朱是我的未來姐夫，你懂嗎？」

我恍然大悟，竟忘了這層關係。翻揭着傳單，每張紙上方都有雜亂的數字和不同寓所的內部面貌，看得眼花繚亂。

「一棟房子五百七十元，那麼我過年的紅包也夠買兩三座房子啊！」我說。

志聰目瞪口呆，伸出手來，用手背貼近我的額頭，我知道那是「你沒有發燒吧」的意思。「你看清楚點，是五百七十萬，不是元！別發夢了！」

我愣住了，「五百七十萬？這到底是怎樣的概念？成年人真能賺到這麼多錢嗎？」我驚呼，志聰説：「唔得都無計。搵食艱難啊，唯有做一輩子樓奴咯。」志聰最愛故作老成。

我和志聰有緣，我們唸同一所小學，學業成績也是名列前茅。難得是升中以後，仍能被編到同一所學校、同一班別。課後我們雙雙去阿佘的住處溫習，但奇怪的是，他不與阿佘同住，阿佘也不曾和志聰談及他們的父母。我不明白，為何這對親姊弟顯得這麼生疏，但我又不知道怎樣開口問他們。

完成課業後，時間約莫五時，仍不是離開的時候。阿佘等小朱下班，志聰則等待他們，三人共進晚飯。我要待到傍晚六時，楊媽媽落場時，與我一同回家。侯婆婆仍坐在角落，不知在等待什麼。

爸爸每天五時半便會離開位於上環的會計師樓，一般六時半左右抵達家門，但最近我察覺，他回家的時間變得有點飄忽，楊媽媽有發現這一點嗎？至於阿濤叔叔，就像他的小巴來去無蹤，反正他駕車時不會回來吃飯，落更後疲累了自然懂得回家。

只要阿濤叔叔懂得回家就好。我喜歡他清爽的短髮，這使我忘記從前長髮及肩的他。

傍晚的馬達餐廳陷入無以名狀的寂靜，但我知道，生活平靜安寧、沒有風浪是值得感恩的。

志聰見眼下無聊，便翻找書包，掏出一本大書給我。書的尺寸很大，撐得他的書包冒出了角，但書脊很薄，屬於那種印刷精美、頁數不多但圖文並茂的收藏書冊，封面封底都是硬皮的。以前小學也讀過硬皮的童書，捧在手裏沉甸甸，心裏感到很踏實。我喜歡用指骨敲打封面，發出類似敲門的聲音。但楊媽媽說這是靠包裝「呃錢」的技倆，爸爸也批評它「華而不實」，所以至今我仍未擁有一本硬皮書。

書名是《生肖故事》，設計是紅彤彤的，滿有中華文化的色彩。封面有個輪子似的圖案，輪子的內圍順序排列十二種動物：鼠、牛、虎、兔、龍、蛇、馬、羊、猴、雞、狗、豬。

志聰興致勃勃地問我：「你聽過十二生肖嗎？」

大概是書籍過於奪目，或者志聰的聲浪太大，惹起旁人的注意。

阿佘調侃弟弟說：「你想做蘇民峰還是麥玲玲啊？」

侯婆婆插話：「你們替我看看，屬猴的今年是不是犯太歲。」

見志聰被問得啞口無言，馬老闆解圍說：「生肖不等同迷信，這是老祖先遺留下來的智慧，難得小孩子有興趣，應該好好學習！」

我回應志聰說：「我當然知道生肖，但我不喜歡玉皇大帝選拔生肖的故事，它將老鼠醜化成見利忘義的角色。老鼠不守承諾，沒有叫醒老貓，後來又站在老牛頭上過河，快要抵達終點時躍上陸地，取得冠軍，過橋拆板。」

志聰噗哧笑了起來，說：「是的，我們真倒霉，偏偏生於二零零八年，屬鼠。」

其實，撇除那個不公道的傳說，我覺得屬鼠挺好的。老鼠是生肖之首，牠體型小巧，行動敏捷，能穿梭於不同動物的巢穴，發掘牠們各自的故事。

我正想翻開眼前的大書，餐廳的門卻被粗暴地推開，只見繼康叔拎着個紅膠袋走進來。

繼康叔身材健碩，孔武有力的樣子教我生怯。楊媽媽曾叮囑我，着我遠離繼康叔和阿九，她說繼康叔性情暴躁，況且他是以砍砍劈劈為生的人，千萬別得罪他。

他把肉遞給馬老闆，馬老闆客套地推辭，幾番推讓過後，明明是善意的饋贈，繼康叔卻不耐煩了，厲聲喝道：「你給我收下！男人老狗婆婆媽媽！」嗓子粗獷中帶點沙啞，擊破了馬達餐廳的沉寂，嚇得人心頭顫動着。

一名食客見狀，瞬即掏出現金，連同賬單放在收銀處，便要離開。甫踏出門外，便有把熟悉的聲音嚷着：「死火啦！撞車啦！救命呀！」嚇得那顧客退後兩步，呆在原地，四顧張望，不敢邁步。

我不看時鐘，也知道現在是下午五時十五分。阿九每天報時，都會嚇到幾個不認識他的人。他們往往信以為真，倉皇失措。

「你個衰仔唔好再亂嗌啦！信唔信我返去吊起你嚟打！」繼康叔聞聲，丟下豬肉匆匆推門外出。

他揪着阿九的衣領，蓋着他的嘴巴，連拖帶推將阿九拉走。我看見繼康叔憋得一臉通紅，不知道那是尷尬、氣憤還是天氣太熱的緣故，他的樣子教我想起富姨拜祭的關公像。

餐廳恢復靜謐，陽光漸漸收斂。落日掛在遠方的獅子山頭，天色像一杯打翻了的紅豆冰。

我揭開硬皮封面，像推開一扇古老的大門。書的第一頁是序言，內容概括了生肖的來歷，介紹生肖系統對中國古代農業社會的意義。編者指，每種生肖均是獨特的符號，有着不可取代的地位。餐廳內的光管照出白燈，燈光落在光滑的書頁上，使其中一句反光了。我側了側頭，瞇着眼，句子寫道：

「每種生肖的背後都有豐富的傳說，正如每個人都有屬於自己的故事。」

故事由此展開。

二

久在樊籠裏

我的爸爸屬牛，街坊都愛叫他「牛哥」，並非因為他屬牛，而是他的名字裏有「牛」字，更準確一點，是「牢」。

不知從何時開始，他的名字經由某些沒唸過書的街坊的口，他們將「牢」字錯唸成「牛」，自此以後，大家叫得順口了，便習非成是。爸只是拘謹地笑了笑，沒介懷，也不特別高興。人家在路上叫他牛哥，他礙於禮貌，還是會停步，轉頭回應。

可是，我不明白祖父的心思，為何賦予爸爸這樣一個不吉利的名字？我第一次接觸「牢」這個字，離不開「坐牢」、「監牢」、「牢獄」等詞語，都是囚禁的意思，與他弟弟——「濤」的象徵含義可說是天壤之別。前者是束縛和壓抑，後者是奔放和豪邁。

名字早已注定兄弟二人截然不同的命運。

當然，隨着成長，我的詞匯庫拓闊了，知道爸爸名字裏的「牢」也不一定有貶義色彩，或許，祖父是希望爸爸能「牢記」他的教誨吧！可是，不管我長得多大，當我盯着手冊第一頁的監護人資料，凝神注視爸爸的名字時，始終會聯想到一頭老牛，被屋頂壓在頭上，使牠動彈不得，喪失自由。

爸爸與阿濤叔叔和楊媽媽的年齡，也相距了一大截。他過早地衰老，白髮漸長，在我們家裏顯得有點格格不入。中秋夜，我偕同阿濤叔叔和楊媽媽、阿宗和小朱他們到樓下公園散步、賞月、玩燈籠，爸卻幽幽地說：「我不去了，你們玩得開心吧。」便徐徐步入浴室洗澡，像個習慣早寐的老頭。

印象最深刻的一次，是初小的時候，有天爸爸放假，便罕有地，親自前來接我放學。那時志聰尚未認識我爸，翌日小息，志聰興致勃勃跑來問我：「小舒，昨天來接你的，是你爺爺嗎？」

我尷尬極了。

回想爸爸接我放學時，穿了件皺巴巴的格仔恤衫、磨得發灰的皮鞋，西褲有點不合身，顯得太短，褲腳露出一截肉色，只能強行用襪子掩蓋，渾身散發着陳腐的氣息。其他同學的父母，假日時都會穿便裝，也難怪志聰這樣說。

—— · ——

爸爸在會計師樓工作，可是他並不是會計師，我甚至懷疑，他連我一個初中生所學習的方程式也不曉得運算。他算數能力也差，在超級市場購物時，往往由我替他計算折扣後的價格，比他按計算機還要快。因此，他在公司只是個小文員，由始至終的小文員，雜務繁多，升遷卻沒有他的份兒。

某些節慶日，我會跟隨楊媽媽到訪他的辦公室，等待他下班，三人慶祝佳節。會計師樓位於上環的一棟舊式商業大樓，我們推開玻璃門，沿着窄長的廊道走向大堂，牆壁一面由棕紅色雲石鋪成，一面是信箱，密密麻麻的，寫滿數字。升降機旁邊有塊銀亮的水牌，掛着許多扁扁的牌子，寫着各個樓層不同公司的名字。爸的會計師樓多年來改了好幾次名字，但牌子始終掛在九樓三室那一格。

但無論怎樣改名字，爸的崗位始終如一，他回家後身上的霉鬱氣息也始終如一。

不變的還有會計師樓的磨砂玻璃大門、地上踩得烏沉沉的深綠色地毯，還有推門踏入去時，撲鼻而來的陳舊雪藏味。爸爸總是駐守在牆角的座位，屏風為他擋去同事的目光。越過屏風，會看見雜亂的文件，和堆成小丘的硬皮文件套。平安夜的傍晚，我站在爸爸身旁，催促他趕快完成手頭上的工作，我們還要去吃聖誕大餐、看維多利亞港的燈飾呢。他手忙腳亂地尋找釘孔機，將文件對齊，掌心用力一壓，便打出兩個距離均等的孔洞，然後穿越圓環，套進文件夾裏，大功告成。

爸爸寡言，不太愛說話，我不知道他跟同事的關係是否融洽。他從不把公事帶回家，頂多在夜闌人靜時，與阿濤叔叔倚在家門外的欄杆，酒後泄漏真言。

「阿濤，你大佬我無用，做咗幾十年，睇住身邊啲後生不斷升上去，我呢？連張沙紙都無！日日對住啲後生卑躬屈膝，有時條氣真係唔順……」爸捏着啤酒罐，臉頰緋紅，有點醉醺醺的。我趁楊媽媽去了洗澡，便偷偷探頭出走廊看他們的動靜。

「大佬，你起碼有間正正經經的公司，打份工，安安穩穩，算係咁啦！」阿濤叔叔見識多，經常縱情享樂，酒量始終比爸來得好，未至於胡言亂語，「我一日踩幾十轉，要搵命博㗎！」

爸喝得步履不穩，即使倚靠着欄杆，仍有點頹然欲倒的意思，多次要阿濤叔叔攙扶着，才勉強站直身子，這是我不曾見過的爸爸。在我印象中，爸爸行事踏實、謹慎、穩重，真像一頭牛，相反，阿濤叔叔總是吊兒郎當的，行蹤飄忽不定。

或許，酒精這種刺激之物，只有身經百戰的武士才有足夠的抗體。像爸這樣一個老實的人，每天過着安穩得乏味的生活，酒精會產生強大的反應也不足為奇。

楊媽媽從浴室踏出來，毛巾包裹着頭髮，像個印度人。她鞋也不換，就趿着拖鞋，踏出走廊，將醉倒的爸爸硬生生拖回屋裏。爸爸大字形地倒臥牀上，身上仍穿着上班服——微皺的襯衣、略緊的西褲、褪色的皮帶，只有領帶鬆綁了，繩圈套在脖子上像個鐘擺。房間瞬即充斥着酒精、汗酸，以及由會計師樓帶回來後縈繞不散的，殘舊發霉的雪藏味。

楊媽媽安頓好爸爸，掩上門，回頭又步出走廊，指着阿濤叔叔的鼻頭說：

「阿濤，我跟你說，你哥的肝臟不好，你替他着想也好，替小舒和我着想也好，不要總跟他喝酒了。你自己也是，最近才『摵甩』那股癮，難道又想做個酒鬼不成？」義正詞嚴，繼我和爸爸以後，阿濤叔叔成了第三個被楊媽媽用這種語氣對待的人。可見，楊媽媽真視她的小叔為家人。

楊媽媽進屋，開着風筒烘乾濕髮。鐵閘仍舊開着，但阿濤叔叔沒有進來。

我見他踢走兩個啤酒罐，喝光後扁塌的鋁罐在水泥地上撞來撞去，像個潦倒的酒鬼，東歪西倒，發出清脆的碰響。龍伯伯的家門隨即傳出一句：「要踢就落街踢啦！半夜三更嘈喧巴閉！」聲音粗糲嘶啞。我瞄瞄時鐘，現在才九時多，算不上半夜三更，不過轉念一想，龍伯伯大概跟爸爸一樣，是個早睡早起的長者。

爸爸一夜沒有醒來，阿濤叔叔一夜沒有歸家。

——・——

酒醒以後，爸爸又回復他的老樣子，每天大早起牀，匆匆嚥下一個楊媽媽昨天從馬達餐廳帶回來的賣剩的麪包，便趕着出門乘搭巴士，從彩虹過海回到上環的會計師樓，風雨不改。然後日落西山時，在阿九喊出一句「死火啦！撞車啦！

救命呀！」之後約莫一小時內，平安地步入家門。

直至那天，繼康嬸跑來我家，我和志聰正在家裏做作業，她隔着鐵閘，十萬火急地問我：「你媽呢？你媽在哪裏？」我瞟了瞟時鐘，現在才五時半，楊媽媽仍未落場，便回答說：「在馬達，未下班。」繼康嬸連忙一個箭步離去。

志聰說：「看來又有人無風起浪啦，肯定又有事情要發生，走着瞧。」一派故作老成的樣子。

但志聰的預言沒錯，楊媽媽六時十分踏入家門時，靈魂像被掏空了一樣。她放下晚飯的材料，便自個兒坐在沙發上發愣，不久，眼眶開始有點濕潤……

我和志聰見事態不妙，立刻上前安慰楊媽媽，豈料我們愈弄愈糟，我唯有讓志聰替我走一趟，到街市的富榮地產找富姨幫忙。

富姨趕至，心急如焚，她豪氣地說：「哎喲，妹，你無事嘛？邊個蝦你，同我講！」

楊媽媽起初不說話，後來哄着哄着，她才說，繼康嬸剛才來馬達找她，說要告訴她一個秘密。繼康嬸今早約了牌友出旺角喝茶，怎料喝茶後，臨走經過西洋菜南街時，親眼目睹牛哥踏上唐樓狹窄的樓梯，樓梯上方，是掛着心形霓虹燈的場所。

志聰輕輕搖頭，對我苦笑，我知道他的表情是要告訴我：「看，我沒說錯吧」。

但我不能給予反應，我簡直聽得傻了，腦袋開始構想事情的不同可能，富姨想打發我們離開，我堅持不願走，她說：「細路仔懂什麼？不要好管閒事。與你們無干！」一邊撥動雙手，示意我們離開現場。

我不喜歡富姨對我的態度，她總是以高人一等的長輩語氣壓我，把我想成少不更事的孩子。再說，此事牽涉我爸的品格問題，說不好楊媽媽要和爸爸鬧離婚，難道這種大事與我無干嗎？

「好心你啦，寧願信外人，都唔信自己老公？大家都知佢『擔屎唔偷食』，點會出軌？再講，她有真憑實據嗎？不又是空口講白話？來說是非者，便是是非人。她有閒心，不如回家管好自己個狂躁老公和傻仔好過啦！」富姨説起話來咄咄逼人，有點過火。

楊媽媽帶着淚腔説：「別這樣説人家，這些話，讓人家聽見了多不好。」大難臨頭，她仍那麼為人設想。

誰也沒留意，六時半已到，爸爸如常步入家門，見家裏狀況特殊，沒有人搭理他，他便一臉茫然地問：「發生什麼事了？霞，你為何哭？」

富姨説：「出來，我要跟你私下談談，我不能讓你傷害我妹妹。」她引領爸爸出走廊，又關起鐵閘，阻止我和志聰出來。

我站在門邊，以與生俱來敏鋭的聽覺，嘗試撿拾聲音的碎片。

爸爸説：「我沒有，繼康家那女人整天搬弄是非，你們會信她嗎？」

富姨説：「我信唔信你，無關係，最緊要係你老婆……」

我聽不清內容，一輛大貨車剛好在大廈外駛過，「阿妹咁偉大，為你、為小舒、為頭家『仆心仆命』，都無介意你……」又有一輛車奔馳而過。

爸爸說：「我沒有對不起她，繼康老婆這樣說，她有證據嗎？」

爸爸堅決地否認，加上他向來品行良好，不像阿濤叔叔，沒有不良紀錄，因此我們都選擇相信繼康婚在造謠，無中生有。

可是，藉着我和志聰機敏的鼠眼，我們確實發現了爸的不同。但我又沒法概括出他的改變是什麼，或許是早上咬少了一個麪包，或乾脆不吃，他說自己會買外賣回會計師樓吃；或許是他傍晚踏入家門的時間有些飄忽，曾有一次，阿九跑經走廊，喊完「撞車啦！救命呀！」後大概十五分鐘，即傍晚五時半左右，爸便拖着疲憊的身軀進入家門。

他將公事包拋在沙發上，慣常鬆開領帶，然後步入房間。

志聰放下筆，靜悄悄地跟我說：「你爸最近好像有點不同。」

「是的，早了回家。」我不以為意地說。

「不，」志聰說，嗡了嗡鼻子，凝重地說：「他的氣息不同了。」

我們懷着種種猜疑，可是沒有加以考證，也沒有向成年人透露半句。

——・——

兩天後的傍晚，紅磡海底隧道大塞車，我在馬達餐廳做完功課後，等待楊媽媽下班時，看着那個滿佈雪花的電視屏幕，新聞報道正進行現場直播：巴士、的士、貨車、私家車在紅磡隧道口停滯不前，我們心想，爸爸今夜肯定很遲才能回家了。

豈料，我們踏入家門時，爸爸已安坐在沙發上，不慌不忙地翻揭着一本書。爸爸已脱下襯衣西褲，穿上在家的輕裝，似乎回家已有一段時間。

我深感好奇，急不及待地問：「爸爸，你怎麼會……」

楊媽媽捏了捏我的手，阻截我説下去。她步入廚房，將今夜的菜放進雪櫃，才走出客廳，裝作不經意地問：「咦，對了，你剛才乘搭什麼車回來？」

「101巴士啊，天天如是。」

我的心涼了半截，爸正瞪着眼睛說謊話！

楊媽媽本來背向着他，沒想到一回頭，她的眼眶已經通紅了，淚盈盈的，嚇得我和爸爸手足無措。

「你開電視看看新聞，這時紅隧大塞車，你知道嗎？你坐 101 的話，恐怕今晚八點仍未回來。」楊媽媽的聲音顫動着，我聽着心裏害怕。

爸愣在原地，接不上話。

「你沒有過海，難道你真的去了旺角，去風花雪月了？」她的聲音很淒厲，我上前摟着楊媽媽的腰，竭力讓她冷靜下來。

「沒有！我沒有！」爸從沙發躍起，激動得書本掉到地上，瞬即又泄氣，跌坐下去。

良久，他鼓起勇氣，低聲地說：「事到如今，我不能再隱瞞。我失業了，已經一個多月。」

楊媽媽呆住了，馬上擦拭臉上的淚，湊近沙發，坐在爸爸身旁。「你為何要瞞着我們？」她摟着爸，下巴抵着他寬闊的肩膀，溫柔地說：「失業罷了，沒什麼大不了的。我們省儉一點就是了。」

楊媽媽的淚漸停，倒是爸開始哭起來，他哭得像嘔吐似的，語句割裂，一節一節地吐出來：「我怕你們擔心，才不告訴你們。這段日子，我每天裝成上班的樣子，無所事事地逛商場、逛街道，累了就坐在公園、快餐店，打發時間，但心裏很害怕，怕有熟人看見我，發現牛哥竟混得這樣潦倒，淪落成這樣，這麼一事無成！」爸的淚水不爭氣地流下來，決堤似的，一發不可收拾，彷彿沉積多天的雨，終於在一息間傾盆流瀉。

有人說，牛被宰的一刻會流淚。我不曾看過爸爸哭泣，他從來都是穩重可靠的一家之主，沒有哭泣和感性的權利。

「誰知我真的那麼倒霉，被繼康家的女人發現了行蹤。那天你姐問起我，我心裏怯得很。我不是去風月場所，只是去樓上書店，看看書、打發時間。」

我和楊媽媽不期然望向地上的書籍，書名是《如何提升職場競爭力》，封面的圖畫有條樓梯，一個身穿西服的年輕男士，脅下夾着公事包，自信滿滿地邁步，登上職場成功的階梯。

「你不必自責，也不必忙着找工作，辛苦了這麼多年，你是時候退下來，好好享受日子了。」楊媽媽撿起地上的書，說：「不要看這種書，你已過了該拚搏的年紀了，各人有各人的命數，不必與人比較。」

我上前摟着爸爸，鼻子哄上他的脖子，縱使在外流浪了一天，但我能夠從爸爸身上感受到嶄新的清爽氣息，一洗數十年不變的雪藏味。

趁爸爸去洗澡，我撥了通電話給阿濤叔叔，讓他今晚早點回家。晚飯後，阿濤叔叔的身影就站在門前，手裏提着個超市購物袋，裏面有數罐啤酒和兩包花生，靜待爸踏出來，兄弟二人依在欄杆前，一醉方休。

楊媽媽站在門前，看着開懷暢飲的爸，再沒有阻撓，只淺淺一笑。她將鐵閘輕輕合攏，着我先去睡。

那夜，我夢見一隻牛，擺脫了欄柵的束縛，在草原邁步奔跑起來。牠並非因為眼前有匹紅布惹牠憤怒才奔跑，也並非為了追尋前方的水源才奔跑，牠只是享受不受拘束的奔跑過程，快活而純粹。

難怪爸爸愈來愈習慣大家喚他做牛哥，熟習得有人在街上以「牢哥」稱呼他時，他幾乎不懂得停下腳步來。

三

富榮地產

我不喜歡富姨。

她屬虎，比楊媽媽大五年。恐怕街市裏沒有誰不曾聽過鼎鼎大名的「虎姐」，初時人們喚她「富姐」，後來叫着叫着，取其諧音，就變了「虎姐」。

大概社區上下的人，都覺得「虎」比「富」更適合用來形容富姨。

富姨不算富有，但她是個獨立堅強的人。她與阿佘那種重視外表的女子不同，衣飾總是樸素簡潔。上身穿鬆身短袖黑布薄衣，下身配上乾淨俐落的牛仔褲。她格外喜歡穿褲子，大概因為她行走的時間比坐着的時間要多。

富榮地產位於街市的轉角，有點隱蔽，但由於是角落舖位，面積比旁邊的五金店、糧油小舖來得寬敞一點。地產舖採用透明落地玻璃，牆上貼滿社區附近不同房子的面貌、實用面積和尺價等，但它不像街口近地鐵站的美聯物業，被A4紙張貼得密不透風。富姨只是工整地貼上幾張最新的樓盤資訊，站在外頭，仍能瞄見辦公室內的乾坤，有時看見富姨棕紅色的鬈髮，有時看見小朱飯後搖搖欲墜的頭顱。

推門進去，映入眼簾的是神枱，關帝握着一柄大刀，紅彤彤的滿是殺氣。富榮地產的面積雖不是街市裏最小的，但也不大，富姨寧願將三張辦公桌拼攏得緊密，也不願移走這礙事的神枱，難道活人不比那些迷信的神明重要嗎？

「富姨，神枱咁阻埞，點解要放喺度？」我問道。

富姨沒有意思回應我，只忙着上香，看來我這個活人真不比神明重要。

她徐徐拉開神枱的小抽屜，掏出一盒火柴，拿出一根，輕擦火柴盒側面，點燃火苗，湊近香燭前端。三支香燭漫出柔柔的煙絲，空氣裏有點燒焦的氣味，富姨屈身拜了三拜，徐徐將香燭插入關帝面前一個小小的爐。

我羨慕她能如此利落地完成打火的動作。上週科學課，老師要求我們燃點本生燈。他不容許我們用打火機或火槍，只給了我們每組一盒火柴。我緊張，手顫顫抖抖，火柴不斷擦着盒子邊緣，仍未能生火，直至今天，同學仍在取笑我上週實驗的窘態。

富姨回頭，應道：「細路仔識乜野，問咁多做咩！講你都唔明。」

我就知道，富姨從不會正面回應我的問題。她不像爸爸、楊媽媽或阿濤叔叔般滿足我的好奇心，只會打發、敷衍我真誠的提問。

因此我不喜歡富姨，她往往用百獸之王的眼光睥睨我這隻小老鼠，從沒有視我為懂得成長的人，我甚至覺得，她沒有視我為晚輩。富姨不曾呵護過我。

「你不解釋，我當然不明白。」我賭氣地說，「整天在拜那個爛銅像有用嗎？生意也不顯得好。」

小朱鬆開手中的滑鼠，連忙用手肘推了推我，示意我別作聲。但我真的氣惱了，富姨有把我這個外甥兒看在眼裏嗎？怎麼所有人都看不起我？

富姨走到神枱前，急急鞠躬，嘴裏嘮嘮唸着：「有怪莫怪，細路仔唔識世界……」她回頭，指着我的鼻尖，步步逼近。富姨的樣子很兇，我知道自己的玩笑開大了，心裏很怯，汗毛直豎。

富姨一字一字地吐出來，字正腔圓地對我說：「神枱用來擋煞，趕走那些牛鬼蛇神。這下你滿意了吧？」尾音揚得很高。我連忙點頭，不敢再多言。

其實我不知道「擋煞」是什麼意思。神枱正對着富榮地產的大門，顧客推門進來，映入眼簾的就是一片幽幽的紅光，還有關帝一臉的道貌岸然，他滿臉赤紅，有着粗獷的濃眉，手上斧刀彷彿要劈下來似的。這樣不怕趕走客人嗎？

更甚的是，富榮地產門外正是繼康叔的豬肉檔。我從落地玻璃上A4紙的縫隙之間，能輕易窺看到他的營業狀況——紅燈泡、紅燈罩映着鐵鈎上懸掛的豬肉，繼康叔手起刀落，將畜生的軀體砍成多塊，他身上套着一件連身白圍裙，但它不雪白，早已染上斑駁的褐色血跡。

一片血腥的顏色，與富姨神枱發出的紅光互相輝映，使這裏顯得破落和詭異。不知是否心理作用，我甚至覺得富榮地產的鐵閘，暗灰色的鐵皮也隱隱透着紅。

我想，日後下課還是少來富榮好了，雖然在這裏能跟小朱聊天，偶爾他還會邀請我和志聰一起相約阿佘下班後去逛商場、喝珍珠奶茶，但只要富姨在場，她凌厲的目光掃過來，小朱的憧憬便會像肥皂泡般瞬即爆破。

還是去馬達餐廳較好，雖然那兒有楊媽媽管着，但馬老闆很好人，經常請我喝紅豆冰。

於是，我課後逐漸轉移陣地，改為前往馬達餐廳，很久再沒有去街市那頭。

但富姨出事了。

—— · ——

那天午後，烏雲密佈，看來正要醞釀一場暴雨。我安穩地坐在馬達餐廳近門口的卡座，等待雨水降臨，在玻璃上劃出一道道縱向的水痕。當路人開始挺起傘子的時候，一個白領年輕人奔跑進來，原來是小朱。他推門進來，氣喘吁吁地說：「霞姨，虎姐她……她……」

楊媽媽從廚房跑出店面，濕淋淋的手邊擦着圍裙，小朱在她耳根邊說了兩句，她彷彿受到驚嚇似的，連忙跟馬老闆說：「我過一過街市那邊，我家姐出事了。」一語音一落，楊媽媽和小朱二人就推門往街市的方向跑，看是刻不容緩。雨勢變得明顯了，但二人都沒帶雨傘在身。

馬老闆似乎意會到問題，也着急起來，頻頻看了幾趟時鐘，望出門外，卻眺望不到街市那頭的情況，只見大雨猛力擊打着行人路，外頭是一片迷濛。可惜楊媽媽走開了，他要留守餐廳，不能抽身，餐廳裏仍有客人，也不能拉閘。我着急了，顧不得馬老闆阻止，便掏出書包裏的摺傘，一個箭步，推門離去。

我跑進街市，往富榮地產的舖位直奔，便看見轉角位滿是站着圍觀的人。

我好不辛苦，在人羣的縫隙間擠進去，只見一個彪形大漢牢牢抓住富姨的肩膀，猛力地搖動。富姨縱使強悍，但畢竟是女流之輩，論力氣必定不及眼前的大漢。

楊媽媽上前，猛力推搡着男人的肩膀，邊説着：「榮！你冷靜一點好嗎？萬事好商量！你這樣有意思嗎？」可是楊媽媽的聲量和力度都太小，儼如以卵擊石。

男人沒有鬆手的意思，我看見他壯碩的臂彎上刻了老虎的紋身，此刻因施力過度，青筋盡現，臂上的虎更覺猙獰。他喊道：「富，你賣了這舖頭，我們有了筆錢，就可以還『大耳窿』，剩下來的錢，已經足夠我過世了。當我求求你，求求你。」語氣卻很凶，不似有商量餘地，像命令多於哀求。

富姨竭力保持平衡，雙腿邁得很開，手努力地抵抗着眼前的大漢，用盡氣力說：「我們當年搞地產舖，你說過，店裏所有事情由我『打色』。我現在不准你賣舖！」男人聞言，臉容扭曲成一團，顯得很肉緊，咬着牙關將富姨捉得更緊了。

「你見死不救？」男人道，目露凶光。

「你無藥可救！」富姨嚷着，邊努力掙脫他的手：「你放手！——放手！」

富姨的聲音向來足以震懾人心，但此刻，面對眼前橫蠻的男人，在痛苦的掙扎裏，她的聲音忽然顯得無助、乏力和悲涼。

旁邊肉檔的繼康叔見眾人束手無策，忍無可忍，從砧板上抽起屠刀，高舉半空大吼：「男人老狗蝦一個女人，你算什麼男人？『大耳窿』要收你的數，點解筆數會算到虎姐頭上？佢地向虎姐舖頭淋紅油，濺到四圍污糟邋遢，連我間舖都有。我實在忍無可忍，老子今日就同你搵命博，最多攬住一齊死！」

原本站在檔子裏看熱鬧看得正高興的繼康嬸，見狀連忙抓着他的臂彎，阻止丈夫蹚這灘渾水。

那個漢子縱使彪悍，但回頭一看，看見魁梧的繼康叔正要手起刀落，連忙放手，落荒而逃。富姨頓時像個沒有人支配的木偶，頹然倒下，坐在地上。人們見沒戲好看了，陸續撤退，很快就只剩下富姨一人，虛弱地倚着富榮地產的門框，受傷似的，徐徐俯下頭，坐在地上，將臉埋藏起來，嚶嚶低泣，牛仔褲沾染到街市地磚上濕淋淋的水。

我沒有看錯，富姨就這樣流下了淚。

旁邊的楊媽媽和小朱連忙上前攙扶，把她扶進地產舖，我尾隨其後，繼康叔放下屠刀，也跟了進來。我看見繼康嬸不斷眨眼，向他打眼色，邊輕聲叫着：「喂！喂！返過嚟啦！無嘢好睇啦！」繼康叔完全沒有理會她，逕自關上富榮地產的門，順道將門上掛着的「營業中」牌子翻轉。

繼康叔開腔：「虎姐，佢每隔一排就來搗亂一次，也不是辦法！我勸你還是撇脱一點，徹底離了吧。」

室內一片寂靜，只有富姨的啜泣聲。

我有點害怕，我不曾見過富姨哭。她總是個獨立的女人，一個辦事利落、人際手腕了得的商人，獨自承擔着一所規模不大也不小的地產舖，她能夠舉着酒杯與行家打交道；她能夠開天殺價，憑口舌伎倆，將一間市值五百七十萬的房子以六百萬賣出；她能夠在妹妹受委屈時替她出頭；她能夠厲聲責罵小朱辦事不力……可是，被大漢牢牢抓住肩膀的時候，為何富姨不能用力掙脱呢？

楊媽媽說：「繼康叔說得對，你不能放下，也得放下。這麼多年了，難道你還不死心？」

繼康叔附和着：「你想想，要是他奪走了這間舖，變賣後又拿去賭，轉過頭來不又悲劇重演嗎？我未必每次都能替你出頭，你知道的，我家的女人心腸壞，總是幸災樂禍，瞧不得人家好。」

富姨抬頭，向繼康叔説了句謝謝。

細聽之下，我才知道，原來那個彪形大漢不是陌生人，他是我素未謀面的姨丈。

我一直以為富姨是獨身女子，這麼強悍的婦女，哪有男人受得了呢？從我認識富姨那天開始，她已是如今的樣子：幹練、敢作敢為、自食其力，每天穿褲子而不是裙子，身上花費最多的打扮，大抵是往理髮店烘一頭鬈曲的髮，染成棕紅色，僅此而已。她獨來獨往，不需依賴任何外物，從來只有別人依賴她；她不需要任何人陪伴，只有別人需要她陪伴。但此刻，富姨聳着肩膀，低泣不絕，身體蜷縮着，像一頭小獸，喪失了與生俱來的捕獵能力。

富姨的店裏掛着一塊大大的牌匾，上方刻着店名——「富榮地產」。這名字叫得順口了，可我從來沒有考究過，「富」指涉富姨，那麼「榮」是誰？為何他的名字能與富姨看齊？

原來，「榮」是我的姨丈，一個拋棄妻子、眼睜睜看着妻子被高利貸騷擾，窮途末路時便返回妻子身旁耍賴的、沒良心的賭徒。

我覺得紅幽幽的神枱恐怖，覺得紅彤彤的豬肉檔恐怖，但總不比富姨早上開業時，看見自家店門的鐵閘被紅色油漆灑潑來得可怕。

那是兩年前的事情，我卻懵然不知。

原來，富姨罵得我沒錯，我是個「細路仔」，我什麼也不明白，什麼也不理解。我只懂埋怨她對我的忽視，但從沒有想過，其實是我對她一無所知。

稍稍冷靜下來，捏一下鼻子，富姨終於開腔，她喃喃地說：「我一直盼望着，盼望着有天他浪子回頭。我不斷告訴自己，多忍一忍，他很快便會清醒，當他一敗塗地的時候，我就是他最堅實的後盾。我要努力撐起舖頭，做得有聲有色，畢竟，這舖頭有我和他的名字。」

某些難以忘懷的往事，彷彿如湧浪般掀起了，富姨說得有點激動：「當年我們開業，商量為舖頭改名，我說我們的店就叫『榮富地產』吧，他卻搖頭，決意要改為『富榮地產』。」

「我說：怎能讓女人的名字放在前頭？你什麼時候見過婚宴上『陳李聯婚』

是妻子姓陳、丈夫姓李的？這樣改名的話，你不怕在家裏沒有地方立足嗎？」

「他說不要緊，只要我喜歡，他的名聲算不了什麼。並承諾，以後舖頭的所有事，都由我一人『打色』。」

富姨停頓了一會兒，倒抽一口氣，續說：「我為了舖頭，為了我們可以預見的美好將來，捱生捱死，多大的難關，我都硬着頭皮獨自闖過去。他倒好，掛着老闆的銜頭，去過大海，輸了又借錢，利息愈滾愈大。現在負債累累，還要我為他買賬！」

楊媽媽不斷掃着富姨的後背，我彷彿看見富姨退化成嬰孩，喝奶後需要成人協助掃風，然後將消化不遂的奶水吐出來。

那天傍晚，「富榮地產」如常關了燈，拉上閘。灰銀色的鐵閘，仍有歲月殘留下來的、未能徹底洗掉的紅。

「虎姐，都是我不好，我把阿榮介紹給你，等同將一個計時炸彈放在你身邊。是我顧慮太少。」馬老闆說。我這才知道，阿榮姨丈原來是馬老闆的朋友，當年是馬老闆撮合他和富姨的。

富姨的淚哭乾了，她用沙啞的聲音說：「與你無關，老馬，你的心腸好，看不透人心很正常。最重要是跟他撇清關係。我決定了，要跟他離婚，不能再拖了。我擁有自己的事業，不需要靠男人。」最後一句說得很堅決，我知道，我熟悉的富姨回來了，她必定有足夠的能力去面對。

馬老闆連連稱是，安慰了兩句，又撤回收銀處整理賬目，有點心神恍惚。我見他的眉額始終皺成一團，好像有些事情未能放下，顯得比富姨更憂心。到底為什麼呢？

單方面提出離婚，程序比雙方同意離婚來得繁瑣，手續更麻煩。但富姨堅決不妥協，她不惜聘請律師，呈交了阿榮的欠債證據，以及高利貸對她造成的滋擾，向法院作出申請。法院經過批核，最終宣判楊彩富與陳國榮終止夫妻關係，富姨懸着的心總算放鬆下來了。由於富姨的經濟能力較佳，故法官要求富姨為榮姨丈提供數額不多的贍養費，誰也沒想到，富姨竟主動多付了錢給他。

富姨說：「好聚好散，沒有了舖頭，他需要留個錢傍身。」

繼康嬸聞言，瞪着眼，兩顆眼珠快要奪眶而出：「虎姐，你嫌錢腥嗎？」

富姨沒有理會她。

錢沒有人會嫌多。富姨這樣做，無非是顧念到夫妻多年的情誼。她讓我明白，凡事不要做得太絕，盡可能留給對方一條活路，這樣於己於人也有益。

除了繼康嬸，大部分街坊都稱讚她，說虎姐為人真公道，像《巾幗梟雄》裏的鄧萃雯。這套劇集我沒看過，只知道它造就了柴九和四奶奶兩個成功的角色。

——·——

一天課後，經過地產店時，我看見小朱攀上一條從管理處借來的梯子，雙手托着牌匾。富姨在梯下監督，她一手扶着梯子，一手撥動着空氣，時而撥向左，時而撥向右，邊側着身，嘗試從不同角度觀察招牌。

富姨說：「繼康叔，你幫下眼，你睇OK嗎？」

繼康叔回道：「靚曬啦！改個好名，啲衰運統統走曬！」

富姨被逗樂了，從褲袋掏出一封紅包，遞給繼康叔和小朱。繼康嬸見有紅包派，迫不及待從店裏跑出來，向富姨恭賀道：「恭喜虎姐，祝你順順利利，生意興隆呀！」

富姨見我站在不遠處，便招手説：「小舒，來！」她遞來紅包，我伸手去接時，瞄到她下半身的運動長褲，套在富姨瘦小的腿上，顯得有點鬆動。

「富姨你不穿牛仔褲了嗎？」我感到驚訝。

「牛仔褲太緊身，雖然方便走動，但其實我不太喜歡，只是習慣了，所以懶得換。」她説，邊低頭看着身下的運動褲，若有所思。

「我以為牛仔褲穿久了就會慢慢變寬，但我現在明白了，最重要是自己舒適，沒有事情比這來得更重要。」

店門上方，「虎姐地產」四字顯得格外醒目。富姨舉頭，瑩亮的眼眸注視着簇新的招牌，終於心滿意足地笑了。

四

迷濤

爸爸常說，祖父在生時，最疼阿濤。

阿濤有小聰明，平常除了有點貪玩，還算乖巧的，只是愛新鮮，喜歡刺激。那年祖父帶他們兩兄弟去荔園，爸爸買竹子餵大象天奴，被弟弟阿濤笑他說「天牢餵天奴」。事實上，爸爸真的憨直如一頭大象。

阿濤忍受不了觀賞動物這般靜態的活動，吵嚷着要玩機動遊戲，便逕自去了排隊。過山車高速墜落時，他開懷尖叫，雙手高舉半空。

爸責備他說：「玩這麼危險的遊戲，雙手也不握着扶手，你嫌命長了嗎？」

阿濤一臉不在乎，回駁說：「學似你咩，驚驚青青！」說罷，他看到不遠處的騰空飛艇，又躍躍欲試。

爸歎了口氣，說：「阿濤貪玩，他想試的事情，沒有人阻得了。」

——·——

阿濤叔叔屬兔，是一位小巴司機，行蹤飄忽不定。他與屬牛的爸爸相距十四年。街坊都說，牛哥為人穩重、踏實，但阿濤不一樣，他輕浮和好動，總是坐不定。剛剛仍在面前跟你搭訕，喝兩口茶，忽然耳根子清靜了，放下茶杯，他的人影已消失不見。

「小舒，就算你讀不成書，也不要緊，」在我小時候，阿濤叔叔常對我說：「最緊要多點探索、勇於嘗試，不要學似你爸，一輩子老老實實，屈在一間寫字樓，要多見識見識，做你喜歡做的事情，那就不枉此生了。」他低頭，無意識地用飲管攪動奶茶，冰塊碰撞杯子內壁，咯咯作響。我放下鉛筆，有點錯愕地看着他，他束起一頭長髮，還把髮尾捆成髮髻，綁在腦後，我曾笑說他的髮型像鄰家的侯婆婆。

阿濤叔叔是唯一跟我說這種話的人，身邊人人都鼓勵我要努力讀書，日後方能成大器。但他從來只問我「想」做什麼，而不會告訴我「應」做什麼。

我反問他：「那麼，揸小巴是你的興趣嗎？」

他不假思索就回答：「這個當然！」

楊媽媽正拖着地板，聽到我們的對話，連忙機警地用地拖伸向我們的卡座。「縮腳！」楊媽媽喝道，「吃不到的葡萄是酸的，你去其他地方找工作，看有沒有人請你！」地拖不斷在阿濤足下推着，拖了很久，無疑是想讓他難堪。

阿濤指着遠方，帶笑地說：「大嫂，那邊的卡座比較髒，你去拖吧。我這邊很乾淨了。」我噗哧笑了起來。

他啜了一口奶茶，打了個飽嗝，見楊媽媽遠去，緩緩地說：「你可別說，揸小巴當然有它的樂趣。每天在路上奔馳，快速行駛，開窗感受清風撲面，是多麼爽快的事情。」

我點頭微笑。但我依稀記得，他與爸爸晚上憑欄喝酒時，打從心底裏溢出的抱怨。但日出之時，阿濤叔叔又會躍出他的兔穴，精神抖擻地工作、駕車，活得坦蕩蕩的。

可是，在前進的途上，還是少不免會磕磕碰碰。

—— · ——

事情發生在三年前，我仍是小四學生，正在享受暑假。暑假是一段悠長而偏離正軌的日子，因為這段時日，只有學生能休息，成人沒有暑假，他們仍得為各自的生計忙碌拚搏。我無人陪伴，有些苦悶，便獨自下樓，在公園裏蹓躂。

我蹲在魚池邊，觀察岸上曬日光浴的烏龜時，發現池中錦鯉突然轉向，全湊到亭子下方，張着嘴巴爭食。我沿着魚兒游動的路徑，望向涼亭，發現阿九站在亭子裏餵魚。他從膠袋裏掏出一顆顆紅色綠色的魚糧，撒進池裏，身下的錦鯉爭相搶食，紛紛撲騰着，水花濺上了半空。

「阿九，可否給我餵一點呢？」我上前對阿九說。

「可以啊，不過你要幫我告訴小蓮，我對不起她，池裏的魚糧被其他敵人吃了。」阿九說，說時頭顱微微傾側，手握成拳頭，一副煞有介事的樣子。

「哦。好。」我隨意應着，開始從袋中撈起所剩無幾的魚糧，撒進池塘。其實我不知道小蓮是誰，但我記得楊媽媽說過，儘量不要跟阿九起衝突。倘若和他聊天，順着他的意思打發着就可以了，不用太認真。

撒着撒着，魚糧盡了，阿九不斷翻找着他身上的斜肩小袋，也掏不出一包新的魚糧。他握着空空如也的包裝袋，一臉倉皇地說：「死啦！無曬啦！小蓮會餓死的！唔得，我要買魚糧，我要買魚糧！」

阿九的聲音愈來愈大，站在涼亭裏開始不斷跺着腿，旁邊兩個原本坐着乘涼的老伯，見阿九異常的言行，連忙抽身離開。阿九顯得愈來愈焦躁，弄得我的心也慌亂不已。我只是個高小生，可以如何平復他的情緒呢？我又可以從哪裏找魚糧給阿九？

沒想到，阿濤叔叔恰好從公園經過，他匆匆朝公廁的方向走，大概是人有三急。我像遇溺者看見救命稻草般，連忙跑上前截住了他。

如今想來，要是那一刻我沒有衝動上前，阿濤叔叔就不會牽扯進後續的事情裏。是我連累了他。

阿濤叔叔在公園遇見我，顯得有點詫異，我將事情相告，他便走到涼亭，向阿九說：「我剛好要出旺角交車，可以載你們去金魚街買魚糧，好嗎？」阿九高興得跳上半空。我也呼了口氣，有阿濤叔叔陪伴，我不必擔憂如何安撫阿九了。

我們興致勃勃地登上小巴，阿九顯得有點神經質，忙對我們說：「一定要記得扣安全帶！」身上袋子的肩帶又不肯脫下，扣上安全帶後，阿九顯得很累贅，像個被繩索重重捆綁的人質。

由於阿濤叔叔要交車，車上只有我和阿九二人。他熟練地躍上駕駛座，握着方向盤，瞥了瞥倒後鏡，幽默地喊了句：「各位乘客，我哋出發咯！」

車輛徐徐駛動，窗外景物不斷向後移，我坐在窗邊，感受阿濤叔叔所說的，清風從窗縫撲面而來的舒爽。風颯颯作響，小巴在路上無所顧忌地奔馳。

數分鐘後，我轉過頭來，看看身旁的阿九，他收斂了剛才的笑容，凝神注視車的前方，雙手牢牢抓住前座椅背的扶手，不發一言。

「阿九，阿九，你沒事吧？」我關切地問。

阿九沒有回應，依然目不轉睛地看着前方。

小巴速度漸快，窗縫溜進來的風很猛烈，車速顯示器的數字不斷上升，直抵八十時還偶爾傳出嗶嗶的警告。阿九大概是有點緊張吧，我拍了拍他的手背，豈料他的手濡濕濡濕的，全都是汗，但皮膚卻是冰冷無血色的。

我預料到將有不好的事情發生，想叫着阿濤叔叔，讓他減慢車速，但車廂裏滿是風聲、引擎的運作聲，我的聲音被周遭的雜音全然覆蓋。車速愈來愈快。我看到駕駛座上，阿濤後腦的長髮，縱使束起了髮髻，但長長的髮絲依然不敵強風，在飄逸、在舞動，像不受拘束的蛇扭動曼妙的身軀。

我想起他説過，他享受他的工作，因為能夠在路上奔馳，毫無顧慮。

忽然，身旁的阿九開始渾身發抖，不能自已地。我的心怦怦直跳，怕他有什麼事，大聲嚷着：「阿濤叔叔，快停車！停車！阿九他……他……」我在倒後鏡裏不斷向他揮手，但他依然沉醉在狂飆的快感之中，絲毫沒有察覺我們的異樣。

電光火石之間，旁邊一輛的士突然切線，插在我們前方，阿濤叔叔嚇壞了，忙亂間來一個急剎，小巴才不至與的士相撞。阿濤叔叔破出一句髒話，沒想到阿九突然尖叫：「呀！——呀！——呀！——」

小巴停駛，車廂裏只餘下阿九淒厲慘烈的叫聲。

他渾身哆嗦，手腳抽搐，整個人像觸電似的。我手足無措，連忙替他鬆開安全帶，怕他被勒住會呼吸不順，沒料到安全帶一鬆，他整個人便像球一樣滾到座椅下方，蜷縮作一團，牙齒不斷廝磨着，咯咯作響。阿濤叔叔見人事不妙，隨意將車泊到一旁，前來協助。此時阿九的嘴角已滲出白色的泡沫。

「阿九！阿九！」我們搖動他的身體，阿九沒有反應，他已陷入了昏迷。

阿濤撥打九九九，救護車帶着鳴響，將阿九送往附近的醫院。

我和阿濤叔叔坐在急救室外的走廊，心急如焚。他坐立不安，在我眼前急速地徘徊，雙手揉着搓着，渾身不自在。「我帶他去什麼金魚街，去什麼金魚街……你說我怎樣跟繼康他們交代。」他喃喃重複道，雙目急得通紅，像一隻淚眼汪汪的兔子。我不曾見過他如此徬徨。

「對不起，阿濤叔叔。」我低下了頭，臉頰一陣涼，淚水奔湧而出。是我多事，才把他牽扯進這個漩渦的。

「傻孩子。與你無關。」他說，然後將我緊緊摟進懷裏。我感受到阿濤叔叔溫暖的胸脯，安全感驟然生起，心頭才稍稍踏實了些。

——·——

據聞阿九很久才恢復意識，醒了也神智不清，持續發着高燒，然後再度陷入昏迷。醒來的時候，他時而尖叫「救命呀」，時而喊着「停車呀」，時而呼喊着小蓮的名字，聲嘶力竭的。

那天以後，我很久沒有見過阿濤叔叔。

阿九昏迷的翌日，在馬達餐廳發生的那件事，我沒有親眼目睹，但聽後，至今仍心有餘悸。

楊媽媽說，那天繼康叔手執一柄豬肉刀，出現在馬達餐廳的門前，茶客嚇得紛紛逃竄。阿濤叔叔嚇得面無血色，他一邊往後退，一邊顫顫地說：「康叔，對不起，是我錯，我虧欠你們家一個人情，我不知阿九他會……」

繼康叔像着魔似的，什麼也聽不入耳，握着豬肉刀步步進逼。楊媽媽很慌亂，努力勸阻：「繼康叔，我的小叔真不爭氣，但你念在我的份上，大人不記小人過，好嗎？」她畢竟是個小女人，不敢與他動武。

馬老闆從廚房踏出來，見狀瞬即推開楊媽媽。繼康叔的怒火紅紅燃燒着：「阿九有精神病，佢當年點解得到呢個病，唔通你唔知咩？我帶大佢，幾唔容易。十幾年來，佢終於稍微有啲好轉，你就帶佢去飆車？你係存心要害我哋嗎？」舉起大刀，正要劈到阿濤的肩膀。

我聽到這裏，心裏堵得很，淚忍不住又流下來。

馬老闆一個箭步，迅速用手擋住降落的刀鋒，「呀！」馬老闆慘烈地叫了一聲，倒在地上，手不住地抖，鮮紅的血很快便染滿他的手掌。阿濤叔叔愣在原地，也顧不得自身安全，立刻蹲身扶着馬老闆：「老馬，老馬！」回頭向驚魂未定的楊媽媽說：「快叫白車！」

眼見傷了人，禍及無辜，繼康叔才猛然清醒似的，退後幾步，哐啷一聲，菜刀丟在地上，然後撞開馬達餐廳的門，跑去了。

馬老闆自此缺了一節指骨。為這一刀，阿濤視他為一輩子的恩公。

馬老闆做手術住院期間，據聞阿濤曾經提着果籃去探望，但馬老闆看見他，顯得很不滿，催促他趕快離去。「你來這裏幹嘛？阿九就在樓上的病房，你還不知避忌。待會兒繼康又握着刀追你，我的手指豈不是白斷了？你聽我說，現在風頭火勢，你快離開這裏，也別回家了，出去避避風頭。」

於是，阿濤落荒而逃，過了一段浪跡天涯的歲月。我知道，他嚮往自由的生活，但那是在草原、牧場裏蹦蹦跳跳的自由，而不是眼下像過街老鼠般，左閃右避，四處漂泊。

但他好像很快就忘記了，離家出走的原意是為了避風頭。

他誤入歧途了。

——·——

阿濤叔叔消失的歲月，我們誰也找不到他，電話轉駁至留言信箱，街坊沒有見過他的行蹤，更遑論知道他的住處了。一個多月後，阿九漸漸康復出院，繼康叔恢復正常的生活，消了氣，沒再追究，但阿濤仍未出現。我們開始擔心，憂慮他在外面遇到什麼不好的事情。

有天，侯婆婆拖着一堆紙皮箱，急步來到我們家，向爸說：「我剛去了油麻地，經過榕樹頭，發現有個人很像阿濤，他躺在石椅上睡覺，披頭散髮，我不確定是不是他。」

爸爸對此將信將疑，不太相信阿濤會流落街頭，但難得有消息，不可不試。爸爸披上外衣準備出門，我嚷着要去，也好勸說阿濤叔叔回家。爸拗不過我，便拉着我一同前往油麻地。

我們果然在榕樹頭公園的一張石椅上發現了疑似阿濤的身影。但這真的是他嗎？眼前的人身材消瘦，手臂幼小得像個廁紙筒，上方佈滿損口。他鬆開了髮髻，任由長髮披着臉，身上散發着酸餿的氣息，是個徹頭徹尾的露宿者。我看見石椅旁邊有幾個零落的針筒。難道他生病了嗎？

爸見到弟弟的一刻，面色瞬間青了。「阿濤，阿濤，你醒醒……」他輕輕推着阿濤的肩膀，由於衣服過於寬鬆，他的鎖骨明晰地露出來。

阿濤叔叔睜開眼，有點混沌，看見我們，沒有驚奇或喜悅。並非沒有情緒，我覺得是他喪失了表露情緒的能力。他的眼神空洞，眼眶和雙頰下陷，與我記憶中的叔叔不同。

「濤，你不是沾了那種東西吧？」爸急切地問。

阿濤沒有回應，枯枝似的手撐起身子。他坐起來，鼻孔緩緩淌出鼻水。他打了個呵欠，一臉迷糊。

「阿濤叔叔，你快回來吧，你為什麼變成這樣……」我說着，不自覺又流下了淚。我害怕，怕阿濤叔叔永遠停留在這個模樣。上次我哭，尚能伏在他的懷裏，但如今，他的身軀消瘦得不足以承托一個擁抱。他只摸摸我的頭顱，又忙着用手背拭去鼻水。

「我沒事，你們回去吧。」他淡淡地說，沒精打采。

「你為着這點小事，淪落成這樣，值得嗎？」爸的聲音有點激動。

我幫着嘴：「阿九已經康復了，一切已經回復正常，你回家吧！」我握着他的手臂，感覺猶如坐在阿濤叔叔的小巴上，握着椅背後的扶手。

他微微掙脱我的手，「不，一切都太遲，我很難回頭了。」他俯下身，拾取地上一支針筒，裏面仍殘留着液體，正要扎進手臂。

「濤！你給我回家！」爸撥開他手中的針筒，命令道。

阿濤叔叔漫不經心地躺下，置若罔聞。

勸説無效，爸爸一氣之下，扯着我的手，就邁步離開了榕樹頭。我們乘坐小巴返彩虹，車輛呼嘯駛着，窗縫滲入的風依然清涼，但駕駛座上的，再不是那個盤着髮髻的瀟灑的阿濤，而是個後腦光禿禿的老伯。我盯着不斷消逝的景物，想起爸曾説過的一句話，心裏揪着痛。

「阿濤貪玩，他想試的事情，沒有人阻得了。」

我們勸服不遂，無能為力，馬老闆正在收銀處入賬，他忽然開腔説：「我嘗試去勸勸他。」

誰也不知道馬老闆跟阿濤叔叔說了什麼，但那天午後，阿濤叔叔消瘦的身影確實出現在馬達餐廳的卡座上，啜着凍奶茶。阿九得知阿濤回來，連忙奔往馬達餐廳。後來馬老闆說，他的話不管用，最重要是阿九幫忙，他背着繼康叔，偷偷跑來勸阿濤。別看阿九傻，他覺得自己害了阿濤，跟他道歉，說得聲淚俱下。阿濤深受感動，連連點頭承諾馬老闆，前往美沙酮診所，決心戒毒。

馬老闆後來常說：「當初是我叫你去避風頭的，你成為道友的話，我豈不是成了罪人？」

「總之要多謝恩公的救命之恩。」阿濤叔叔嘻嘻地笑，搔了搔後腦，腦後沒有了礙眼的髮髻。

接受戒毒治療數月後，阿濤逐漸重現光彩，可以重新工作。開工前，為了象徵自己洗心革面，他特意削去一匹長髮，留下利落清爽的短髮。他說，短髮讓他的肌膚更接近風，他漸漸明白到，倒後鏡裏乘客的安全，遠比自己對刺激的追求來得重要。

五

幽谷的玫瑰

身穿藍色制服的警務人員，用黃黑相間的警戒線，將鄰家的大門封鎖。

龍伯伯的家門是我們樓層中最具特色的，它既古樸又典雅，純粹的褐色。門外除了放置半圓形地毯，還有一個低矮的木製小鞋架，可以存放三兩雙鞋子。鞋架上還擺放了一個花瓶，裏面裝着一束紅艷的玫瑰花。

——·——

我跟龍伯伯並不熟，他好像與大廈裏的任何人也不熟，即使路上碰面，他也甚少與人打招呼，總是帶着堅定的眼神，仰着頭，往前望，趾高氣揚地與鄰居擦肩而過。

龍伯伯縱使年邁，但他與侯婆婆那些步入衰朽的老人不同，他永遠穿着筆挺的西裝，打領帶，挺着胸膛，走路時邁步很大，步履也急，一副日理萬機的樣子。他從不依仗雨傘或拐杖等外物支撐，四肢仍很矯健。我雖然與他不熟，但每天早上回校上課，我匆匆嘜下麪包跑出走廊時，好幾次都在升降機大堂碰上龍伯伯。他站在升降機前，抬頭凝視橙色燈泡一層層移動。

「早晨，龍伯伯。」我羞怯地說，雖然不熟絡，但基本的禮貌還是要有的。

「唔。」龍伯伯斜眼看我，又繼續把脖子仰得高高的，沒有把我放在眼裏。

升降機門剛打開，他就一個箭步走進去，按了G鍵，然後撤到靠牆的角落。機器接收指令，便順勢關門，差點把我夾成餡餅。我氣死了，用力擋着門，狼狽地溜進去。

我透過機體鏡面的折射，瞄着身後西裝革履的龍伯伯，不慌不忙地從胸口袋裏掏出一把梳子，梳理着頭上不多的白髮。我簡直氣炸了。他寧願忙着梳頭，也不願替我按開門鍵。

那晚我約了志聰、阿佘和小朱去吃飯。每逢外出，阿佘總要化妝近二十分鐘才能出門。我無聊地坐在小沙發等待，忽然想起龍伯伯，便告訴他們複述今早的事。

「你們說，他怎能這麼無禮呢！」我宣泄了心頭的不忿，有點痛快。

阿佘湊近鏡子，盯着自己的臉頰，塗着化妝粉，嘟着嘴說：「哎呀，他是金山阿伯，從外國回流，身上有的是錢，哪會看得起我們這些草根階層呢？」脂粉有點太紅艷，她又拿起一塊海綿，印去多餘的粉末。

「再說，除非你像那個阿嬌，身材豐滿、玲瓏浮凸，他或許會跟你搭話……」阿佘邊說邊忍不住笑。

小朱站在鏡子前，嚴肅地搖了搖頭，示意她別在孩子面前說這種話。小朱向來拘謹，我覺得他跟富姨相處多了，也習得她的壞習慣，常把我和志聰看成小孩子。

「阿嬌是誰？」志聰問。

「阿嬌就是公園裏唱歌的大媽呀！」阿佘還是溜出了嘴，小朱推了推她的肩膀，警告她別再說。她對鏡子裏的小朱吐了吐舌。

其實我們想打聽下去，畢竟龍伯伯的故事在我而言是神秘的。他高傲的臉上，到底藏着什麼不為人知的隱情？但小朱在場，我沒有放膽多問，唯恐他們二人意見產生分歧，浪費時間吵架，遲遲未能出門，我可是餓壞了。

原來人性就是這樣，好奇心往往不會放在恰當的地方，而是以齷齪的形式，追逐別人的家長里短，然後帶着這些材料，拿回家中收藏和竊笑，或展露出來與他人分享。我忽然好像對繼康嬸多了一份理解。

—— · ——

數天後的下午，我和志聰下課，經過公園回家時，聽到涼亭那頭傳出陣陣歌聲。那出自一把女聲，她的嗓子有點沙啞，音符從她嘴裏吐出來，好像摻雜了沙礫，使人想到一張粗糙的砂紙。我和志聰朝着聲音的源頭走去，便見一位打扮嬌艷的婦人，握着金光閃閃的麥克風，站在涼亭附近獻唱，腰肢左搖右擺的：

玫瑰玫瑰最嬌美　玫瑰玫瑰最艷麗
春夏開在枝頭上　玫瑰玫瑰我愛你
玫瑰玫瑰情意重　玫瑰玫瑰情意濃
春夏開在荊棘裏　玫瑰玫瑰我愛你

這些富年代感的歌曲，配合一口純正的國語和曼妙的舞姿，奪得了公園許多老者的歡心。婦人被幾位叔叔伯伯圍攏着，他們跟隨歌曲的節奏拍着手，笑得咧開了嘴，嘴巴裏的牙齒大多已經掉落，口腔像黑洞般吸納着懷舊的歌聲，還吸納着眼前這個風韻猶存的女人。

「我叫阿嬌，多多指教！」利用間奏的空檔，阿嬌用普通話進行自我介紹，一邊拿着麥克風，巡迴老者之間，索取他們手裏的紅包，「謝謝！謝謝！」她嬌媚地笑着，將紅彤彤的祝福塞進迷你裙的口袋裏。

我和志聰打算快步走過，走到半路，志聰忽然着急地拍拍我的肩膀，並指向那羣聽得津津有味的老者。這時，我赫然發現一位鶴髮老者，從雞羣裏卓然獨立。他西裝革履，身材未因年老而萎縮，站在老人堆中，顯得精神矍鑠，異常奪目。

我不禁叫了出來：「龍伯伯？」

只見龍伯伯突出重圍，推開旁觀的人潮，逕自走到阿嬌身邊，在她的耳根邊說了兩句話。

阿嬌忙着唱歌，沒有空暇回應他，依然扭動腰肢，臉上仍舊是嫵媚的笑。間奏響起時，她才短促地用普通話回了一句：「你先回去！」儘管她竭力壓低了嗓門，但她忘記了手中握着麥克風，音箱將一字一句擴大，「去」字的尾音像一枝箭，發射時帶着氣，透露了她的不耐煩。站在遠方的我和志聰尚能聽見，何況是其他圍觀的老人？

龍伯伯的面漸漸紅起來，他愣愣站在旁邊，進也不是，退也不是，顯得與周遭歡悅的氣氛格格不入。後來，他用指頭警告了阿嬌什麼，轉身便氣沖沖離開公園。

阿嬌的一句「你先回去」，讓在場的人不難聯想到，她和龍伯伯之間不為人知的內情。難道他們同居？可惜龍伯伯的家門長年深鎖，典雅的褐色鐵閘截住了街坊好奇的目光。況且，龍伯伯不是親和的人，深居簡出，也不經常碰見他。他總是我行我素，在大多街坊的心裏，他是個仗着家財萬貫，高傲自負的人。與其他街坊有交涉的話，必然是發生爭執。

住在我們同層走廊最盡頭的侯婆婆，素來有撿破爛的習慣，並將撿回來的貨品放在天光墟兜售。那天清晨我如常上學，踏出大廈，就聽到龍伯伯大吼：

「不問自取是為賊也，你讀書再少，也懂得這個道理吧？」他指着侯婆婆身下的攤檔，一臉怒火中燒。

「你放在門外，就是不要了，東西丟棄了，我把它撿出來賣有什麼錯？」侯婆婆勉強站起身子，佝僂的身影在龍伯伯面前顯得很弱小。縱使如此，勢力的懸殊卻使侯婆婆佔了優勢，得到同情分，三兩街坊聚在一塊兒，都站在侯婆婆那邊，想替她伸張正義。

「我什麼時候告訴你，我不要這雙鞋子了？我只是放在門外！」

「你一個男人，放一對高跟鞋在門外，鬼信你有用？」侯婆婆俯身去撿拾鞋子，忽然一改語氣，笑瞇瞇地說：「除非你金屋藏嬌啦！」龍伯伯漲紅着臉，搭不上話來。

侯婆婆手裏的高跟鞋很紅艷，我第一時間想到阿嬌泛着油光的紅唇，唱歌時一開一合，傳出粗糙的歌聲。

「我看鞋子仍新淨，才取走它。再說，你這麼有錢，也不稀罕這樣一雙破鞋吧，就當讓我這個老太婆吧。你不會明白，我們的生活艱難啊！」侯婆婆說，又落入了顧影自憐的局面。

「是呀，你可不能欺負老太婆！」旁人指指點點，好像沒有人想到，其實侯婆婆比龍伯伯大不了多少。

「好，我不跟你們這些凡人一般見識。」龍伯伯憋得一臉紅，指頭狠狠的指了一遍圍觀的街坊，便撇下這話，悻悻然走了。

侯婆婆放下高跟鞋，臉上浮現勝利者的光芒，驕傲地說：「跌落地擲返拃沙，死要面。說我們是凡人，那麼他豈不是神仙了？」

我不知道龍是什麼生物，牠像鳳凰、麒麟一樣，是上古傳說裏的幻獸，是十二生肖中最難揣摩的動物。

翌日龍伯伯的門外便放了一個鞋架，除了擺放鞋子，架上還放置一個玻璃花瓶，瓶裏盛着一束鮮艷的玫瑰。下方壓着一張便條紙，用豪邁的筆跡寫着——

「勿動！」

——・——

龍伯伯將自己深鎖龍潭裏，變得更生人勿近。他的行蹤愈來愈飄忽，儘管有關他和阿嬌的事情，已經在社區裏不脛而走，但街坊從來只是道聽途説，又不敢招惹他，於是大家逐漸把他遺忘。褐色的鐵閘永遠合上。

出家門或乘搭升降機時，我再沒有見到他身穿筆挺西裝的身影，卻偶爾會在下課時碰上阿嬌。我步入升降機，關門之際，大堂忽然響起一聲不標準的粵音：「頂（等）埋！」，阿嬌拖着黑箱子匆匆擠進來，門都幾乎關上了，手臂卻強行伸進來，抵在門縫中間，阻止它們合攏。我唯有按開門鍵，她喘着氣進來，謝謝也不説，一副理所當然的樣子，轉身便對着鏡子撥弄頭髮。

我有點氣惱，乘搭升降機的過程裏，還要承受她身上濃烈的玫瑰香水味。她身穿白色短衣和黑色迷你裙，衣料很薄，能輕易瞥見肌膚的肉色。迷你裙不及膝，還強行縫紉了蕾絲花邊。我認得地上的黑箱子，那是擴音箱，她大抵從公園唱歌回來，淺薄的裙袋裏塞滿一疊紅彤彤的紙。

抵達樓層後，阿嬌先踏出升降機，一如所料，她站在龍伯伯的家門前，停下腳步，從小腰包裹掏出鑰匙，自行開鎖。我刻意放慢步伐，裝作尋常地經過，心想這是個好機會，讓我能一窺龍伯伯家裏的廬山真面目，見識一下富貴人家的家居裝潢和擺設，但阿嬌踏進屋後瞬即合上門，擋去我好奇的目光。

我忽然覺得，龍伯伯和阿嬌很匹配，他們都那麼無禮、驕傲和理所當然。他們活在獨立的空間，過着與其他街坊鄰舍互不相干的生活。

龍伯伯被發現倒斃在家的前一晚，我罕有地聽見他家傳來激烈的爭執聲。

「是你哄着我，說讓我來香港過好日子，現在呢？就擠在這麼一間破房子。」阿嬌操着國語，聲音高了八度，顯得很尖銳。

「你別身在福中不知福。你整天往公園裏勾勾搭搭、偷漢子，我還沒說你，要不是我，你能來香港嗎？說到底你不也是利用我！」龍伯伯的聲音雄渾有力，憤怒中帶點悲涼。

「那可要問問到底是誰那麼摳門，我沒有零花錢，當然得去賺啊。」阿嬌反駁，她的語氣是挑逗的，沒有很多火藥味，彷彿這場爭吵是她預料之內的，她一直勝券在握。

「我自問待你不薄，衣食住行，你什麼也不缺，為什麼非要去公園拋頭露面，丟人現眼？」

龍伯伯開始喊得有點沙啞：「你還敢當着他們面前，趕我走，你說我的面子要往哪裏放！」

突然，那頭傳出「哐啷」一聲，我聽見瓷器碎裂的聲音。我和爸爸面面相覷，嚇得噤聲。

「你別發神經了，你摔破了整間房子，我也不會留下來。誰跟着你這個糟老頭子，肯定是腦子進水啦！」阿嬌鍥而不捨，肆意地奚落龍伯伯。然後傳來翻翻找找的聲音和拉鏈合上的聲音。

「鑰匙還你！給！」阿嬌說，語氣很決斷。金屬擊落地磚的聲音，異常清脆。

「你……你……！」龍伯伯氣喘吁吁，接不上話來。他的氣焰、他的盛氣凌人，此刻被阿嬌完全熄滅了。龍伯伯帶着哭腔，那是從肺腑吐出的，絕望的吶喊。

然後我們聽到摔門聲，我隔着鐵閘，瞄到阿嬌手挽着小皮包，另一隻手裏提着個紅白藍大袋，穿着高跟鞋邁步遠去，咯噔咯噔的聲音響徹走廊，每一下都敲在龍伯伯的心頭。

龍伯伯的單位一片寂靜，再沒有傳出任何聲音。他最後喘着粗氣，情緒激動，爸爸擔心他出事了，糾結着是否要去幫忙。楊媽媽急忙阻止：「你別好管閒事，這老頭最愛面子，又食古不化，幫他也是好心做壞事。你就裝作什麼也沒聽見好了。」

我們關了燈，各自回房間睡覺，十多分鐘前才吵得火熱，現在躺在牀上，周遭忽爾靜得嚇人。龍伯伯和阿嬌吵架的聲音依然縈繞我們的腦海中，大家一時三刻睡不着覺。爸爸不放心，始終還是起了牀，踏出家門，站在龍伯伯的鐵閘前，準備敲門。

楊媽媽出門攔截他，他正要搖動鐵閘，忽然瞥見身下的鞋架，「勿動」二字藉着皎潔的月光，顯得很明晰。

「這麼晚了，你別吵着人家休息！」楊媽媽壓低聲音說。結果爸爸還是掉頭，無功而返。

這一回頭，換來爸爸長久的自責。

翌日下午，龍伯伯被發現倒斃在家，沒有生命跡象，初步估計是心臟病發而死。警方發現他家裏有被搜掠過的痕跡，應該是昨夜阿嬌離去前，翻找了值錢的東西，拿走了。我下課回家時，見街坊都站在他的門外圍觀，指指點點：「唉，臨老入花叢，佢應該預咗有呢一日啦。唔通龍伯真係咁天真，以為阿嬌跟佢一世咩？」語氣出奇地淡漠，彷彿評論着千里遠的外國新聞。

縱使我對龍伯伯沒有好感，與他也不熟，但畢竟是鄰居，發生這種事情，我的心慭得發慌。原來，死亡可以離我如此接近，就在一壁之隔，在我鄰居身上發生。幸而，我沒有親眼目睹龍伯伯的屍首，當我隔着警方的封條，戰戰兢兢地瞄進屋內時，早已人去樓空。

龍伯伯的家出奇昏暗，水泥牆壁很殘舊，延伸出幾條顯眼的裂痕。天花板只有一根不怎明亮的光管，與想像中的水晶吊燈大相徑庭。沙發、飯桌、電視機，沒有一件家具是光鮮奪目的。我詫異得無法言語，龍伯伯不是阿佘所言，是個富有的「金山阿伯」嗎？

心頭浮現起昨夜阿嬌的那句話：「是你哄着我，說讓我來香港過好日子，現在呢？就擠在這麼一間破房子。」

龍伯伯人緣不好，替他感到難過的街坊，大抵只有我們。其他人都顯得興致勃勃，在生的時候，人們與他形同陌路，如今他死了，街坊的談話焦點瞬間落在他身上，肆無忌憚地談論他的故事。經街坊流傳，龍伯伯在美國經商失敗，早已損失慘重，後來回內地拓展市場，認識了比他年輕很多的阿嬌，二人結婚後一同來港。他找不到工作，卻拉不下面子，怕街坊瞧不起他，便整天穿着西裝一副日理萬機的樣子，其實日子過得清貧。阿嬌於是往公園唱歌賺錢，後來結識了一個本地的中年漢，便隨人家走了。

龍伯伯離世後，爸爸沉默不語了好幾天，失業後無所事事的他，整天在家為着龍伯伯的死自責：「都怪我，要是我當晚鼓起勇氣敲門，說不定他不用死。雖說我們不熟，但畢竟街坊一場⋯⋯」說得着急了，偶爾還流下淚來。楊媽媽見狀，連忙勸道：「你別什麼事情都攬上身，要怪就怪他愛面子，不懂人情世故。街坊想幫忙也不敢。」她愣愣地看着窗外，好像在喃喃自語。

我知道，楊媽媽心裏也不好受。倘若她那晚沒有出門阻止爸爸，說不定龍伯伯不用死。

警方徹查完畢，他們用鐵鍊綑鎖着龍伯伯的家門，窺看過內裏乾坤後，我知道門後並非神秘的龍潭，那只是個破敗的單位罷了。我蹲在走廊，看見一列螞蟻從門縫列隊而出，好像搬運着一些食物殘骸。一隻紅火蟻忽然出現，正要攻擊小蟻，沒想到螞蟻眾志成城，瞬間圍繞紅火蟻，將牠趕走了。

瓶子裏的玫瑰花凋謝了，垂着頭，不知在祈禱還是在哀悼。

六

卸妝以後

課後是最教人疲倦的時分。三時三十分，同學紛紛回家或前往補習班做功課，我卻不愛回家，喜歡流連不同場所，例如馬達餐廳、富榮地產和阿佘小朱的家。

阿佘和小朱住在我家樓下，出入很方便，臨近晚飯，我從他們家離開，走一層樓梯返回住處，也不過是兩分鐘的工夫。打開家門，我看見爸坐在藤椅上閱讀。丟了會計師樓的工作後，爸整天賦閒在家，如今竟學會從圖書館借書打發時間。

他見我進屋，瞄瞄時鐘，便擱下眼鏡。眼鏡繫着一根繩子，掛在他的脖子上，晃晃蕩蕩。爸隨意在茶几找來張購物單據，夾在書頁間，合上《射雕英雄傳》，告誡我說：

「你整天去阿佘那裏，留到這麼晚，打擾到人家不好。你看，家裏多清靜，現在也有我陪伴，你明天放學還是回家做功課吧。」

「我不要回家，在家專注不了。再說，阿佘和志聰也歡迎我。」我執拗地說。

無論爸爸如何勸說，我也不妥協。我不能在徹底寧靜的環境裏做功課，偶爾有點人聲和雜音，我才能安心。何況，我喜歡去阿佘那裏，阿佘讓我見識很多新事物。

我和志聰如常攤開摺桌，將課本和習作鋪放其上。阿佘甚少干預我們，她的房門偶爾敞開，偶爾緊閉，緊閉的時候，我們並不知道她在裏面睡覺還是做直播。阿佘曾千叮萬囑告訴我們：她的房門關上時，誰也不能打擾她。

我見過阿佘開直播的情況。她有一盞很光亮的射燈，長條狀，能扭曲成不同形狀，燈前有小小的支架，讓她擺放手提電話。她會鉅細無遺地向我介紹它們的功用，偶爾邀請我和志聰站在鏡頭後方，評論視覺效果——她的面容是否艷麗、光度太亮會否令她的皮膚顯得太蒼白、房間後的窗簾合攏還是敞開較好……阿佘很在意網民的留言和讚好，她總是怕在粉絲心中留下不好的印象。

「小舒，你幫吓眼，哪種唇膏的顏色較好看？」阿佘興致勃勃地向我展示三根唇膏，分別是淡桃紅、玫瑰紅和櫻花紅。

我托着頭，皺着眉，裝出一副認真思考的模樣，然後說：「櫻花紅。」

她點點頭，稱讚我的品味比志聰好，然後欣喜地拔出蓋子，湊向鏡子塗抹起來。

其實我沒法分辨三種紅色唇膏的差別，只隨意挑一個名字較動聽的，但阿佘總相信我的審美觀，她讓我感到被尊重，讓我覺得自己像個成年人。

但阿佘和志聰不像兩姐弟，我和志聰、阿佘、小朱外出吃飯時，志聰幾乎與她沒有任何交流。有時我做課業太久，想去洗手間，客廳會忽然靜下來，只剩下我的尿液墜落馬桶的聲音。我踏出客廳，姐弟二人永遠各自為政，阿佘在鏡子前化妝，或對着電腦剪接影片；志聰埋頭苦幹，奮筆書寫。他們就像兩條路軌上急速行駛的列車，沒有交集。

偶爾志聰遇上不懂的英文詞彙，手中沒有電話和字典，才會接近姐姐，低聲問阿佘：「這個字是什麼意思？」

阿佘瞥了一眼，又回望鏡子，掃着臉上脂粉，良久，才漫不經心地說：「你不是比我醒目得多嗎？你不用請教我，我沒讀過大學，一無是處。」她用力眨了眨眼，睫毛開合，像在努力壓抑着情緒。說完尖酸的話，她偶然會回答他的提問，偶然保持沉默。

於是志聰愈來愈少與阿佘溝通，他寧願漏空答案，也不向她請教，但若然由我發問，阿佘便會耐着性子回答，哪怕她並不知道問題的答案。外出吃飯時，人們見我和阿佘那麼親厚，總以為她是我的姐姐，志聰倒成了那個不相干的局外人。

更奇怪的是，志聰姓佘，但他的姐姐名叫佘梓嫻。縱使只缺了那麼短小的一節，文字的讀音和語意便大相徑庭了。就像我在中文作文裏，誤把「茶」字寫成「荼」字，多了一劃，就被老師扣了半分。姓氏是家族和血統的傳承，難道志聰和阿佘沒有血緣關係嗎？

我曾肆無忌憚地問志聰：「為何你姓佘，但你姐姐姓佘？」

志聰垂着頭，手中的圓珠筆停止書寫，欲言又止的。

阿佘聽到了，她從廚房拿出兩瓶益力多，給我們每人一瓶，然後對我說：「佘和佘不是很相近嗎？小舒，我來跟你玩個猜謎遊戲：A至Z共有26條蛇，牠們進行競賽的話，哪條蛇必然會輸？」

我知道她在轉移話題。但我依然緊皺眉頭，認真思索，卻不得要領。我搖搖頭，要求她揭曉答案。

「是C呀！因為『蛇C慢』（佘詩曼）吖嘛！」説罷，她咯咯笑了起來。

其實我不知道謎底的意思，後來無綫電視重播劇集《天與地》，我才知道佘詩曼是演員，一個相貌標緻的女子。阿佘很喜歡她。

「我喜歡佘詩曼，又屬蛇，姓佘不是很好嗎？」她説，臉帶誇張的笑容。

我微笑，對她的解釋不以為然。更換姓氏是大事，怎能單純因為個人的喜好而輕易改變呢？我也不喜歡自己姓蔣，但我沒有選擇姓氏的權利，正如我們不能選擇性別和父母一樣。

盯着阿佘的臉，我忽然覺得她濃艷的脂粉背後，掩藏着不可告人的真貌。但我沒有追問，只掀開薄薄的錫紙，將益力多咕嚕咕嚕地喝下，一飲而盡。味道酸溜溜的。

直至那天的事情發生。

—— · ——

那天課後，我如常和志聰同行，走到住所樓下，就看見一位婦人站在簷下，拿着扇子使勁地撥涼，一副焦躁的模樣。發現我們後，婦人瞬即跑過來，志聰瞪大了眼：「媽？你不是守在醫院嗎？跑來這裏幹嘛？」

「不就是找你那個沒心沒肺的姐姐。」婦人說，滿臉通紅，眼角瞄了我一眼，大抵看見我們穿一樣的校服，便沒有多問我是誰。

「可是，她……她未必想見你。」志聰期期艾艾地說。

「不想見仍得見！現在怎麼了？她離家出走，有錯在先，難不成要我跪在地上求她？」婦人激動起來，瞪着圓滾滾的眼睛。

志聰見沒辦法，只好領着她，三人一同上樓。途中我嘗試湊近他耳邊，低聲問他發生什麼事了，但志聰不發一言，嘴巴很嚴密。

阿佘開門時，看見我們身後的佘太太，正要關門，但佘太太反應迅速，手肘一撞，門便開了。阿佘愣在原地，像東窗事發的犯人，羞愧之情頓化成怒火。她轉眼，指着志聰大罵：「佘志聰，我說過多少遍，不能帶他們上來！你居然出賣我？」

志聰憋得一臉紅，仍未開腔辯解，佘太太已幫着說：「你別什麼都賴在弟弟身上，是我自己找上門的，與他無關。」她的聲音洪亮，我連忙把門掩上，怕招來街坊的探問。

「你們即管維護他吧，反正你們只有他這個兒子。我很忙，沒空招呼你。」阿佘背對着婦人說。儘管阿佘裝得冷漠，我還是從她微顫的聲音裏，聽到了悲傷。

「你老爸上週在家暈倒，入院了，現在仍昏迷，你不該去看看嗎？」佘太太喊道，説罷眼睛一陣紅。

「他心中還有我這個女兒嗎？自從我改姓佘，已經決定和他撇清關係。」阿佘説，她身材高挑，上身穿着黑色短衣，衣料縫上很多薄薄的珠片，我卻把它看成蛇皮上的鱗片，等待哪天剝落。

「余梓嫻，我告訴你，你別三分顏色上大紅，當日你為了這個姓朱的，居然離家出走，六親不認，你現在還大條道理？你説，你跟着那個地產仔有什麼將來？住在這樣的斗室，亂七八糟，整天躲在這裏，又不找份正當職業……」余太太説得很激動，手中摺扇一扔，剛好擲到阿佘最珍而重之的化妝枱，扇子橫掃了幾瓶化妝品，其中一瓶香水摔在地上，破碎了。

頃刻間，一室彌漫着過分濃郁的香水味，但香味沒法撲滅火焰，反倒火上加油。

阿佘轉身，長睫毛下的雙眼盤着紅筋：「我是為了小朱才走嗎？你們想清楚，到底是什麼把我趕走的。余志聰出世後，你們所有人圍着他轉，你們要工作，丟下他在家，要我照顧，我下課就幫着餵奶、煮食，你們是否忘了，當時我仍是個小孩子，自顧不暇，為何我要像你們一樣，把他捧在手中呵護着，以致功課也無暇理會，成績不斷倒退？」阿佘說得聲嘶力竭。她淚流滿面，眼淚還是黑色的，眼影遇水化開，在她青春的臉上劃下一道道縱向的墨痕。

「而你們……你們只懂怪我考不上大學，不比弟弟聰明，不如弟弟勤奮，怪我沒有找工作。現在滿街是大學生，我憑什麼輕易找到工作？我有選擇嗎？你們有視我為女兒嗎？由始至終你們都當我是家僕！是的，小朱不富有，但我和他相處得開心，總比對着你們好！」阿佘狠狠地喊道，又把兩瓶心愛的香水撥到地上。我和志聰退後兩步，不敢貿貿然上前勸阻。

余太太沒有反駁，只掏出電話查看時間，丟下一句：「總之你良心發現的話，就來醫院看看你爸。他不知還能撐多久。我趕着去醫院，懶得跟你說。」便掉頭離去了，只剩阿佘站在原地，不能自已地哭。室內漫溢着複雜和濃烈的氣味。

我悄悄走到廚房，給小朱撥了通電話，十數分鐘後他便趕回來了。甫踏進門，小朱便把阿佘摟入懷裏。阿佘虛弱地倒在小朱身上，剛停了的眼淚又忍不住溢出，剛才是洶湧的波濤，現在是細水長流的感情。

志聰一直愣愣地站着，看到這一幕，忽然哽咽了，一個箭步上前抱着阿佘纖瘦的腰肢：「姐姐，對不起，是我連累你。」

阿佘看見身下的弟弟，面容一陣抽搐，她鬆開小朱的肩膀，蹲下來，向志聰說：「別這樣說，你沒有選擇，我也沒有選擇，都是成年人的錯。我也有任性的地方。以前這樣對你，是我不好。」

眼前的姐弟緊抱着彼此。小朱站在後方，搭着他們的肩膀，說：「現在這樣多好，沒事了，沒事了。」我看着此情此景，鼻子一陣酸，倘若我有個姐姐，我也希望她能像阿佘，像她這般善良、樂觀、擇善固執。可惜我沒有選擇。

看似冷血的蛇，剖開牠粗厚的蛇皮，或許會發現溫熱的血液在流動。牠並非奸狡和冷漠，只是善於隱藏罷了。

香水味混入酸酸的鼻子，我冷不防打了個噴嚏，三人回頭看我，不禁破涕而笑。

——·——

兩週後，志聰課後啓動手機，隨即收到媽媽的消息，指佘先生的情況不容樂觀，心臟很虛弱，大概沒法撐持多兩天。他掛了手機，一臉慌亂，拔腿就往阿佘的家跑。我在志聰身後尾隨，追得上氣不接下氣。志聰推門就大喊：「爸爸快不行了，姐，你趕快去醫院吧。」

阿佘從房間出來，正要責備志聰中斷她的直播，聞訊後卻怔忡着，又故作鎮定，施施然進廚房倒了杯水。

志聰哀求道：「姐，你看看他吧。別浪費時間了。」志聰着急得哭了起來，我連忙搭着他的肩膀。面臨喪親者，與旁觀者始終隔着遙遠的情感峽谷。我知道，除了安慰，我幫不了更多。

阿佘氣定神閒地說：「我怕去到醫院，只會活生生把他氣死。」

小朱扭動門鎖，推門進屋，回來得正是時候。我們焦急地向他說着情況，小朱放下公事包說：「你應該去看看，別讓老人家有遺憾。來，我們換衣服起行吧。」

阿佘斟水的手凝在半空，沒有表態，我們知道她的態度軟下來了。志聰走進廚房，催促她說：「姐，快換衣服，我們去醫院吧。」

我卻不便去了。這畢竟是佘家的家事，何況我不認識佘先生，彌留之際前去探望似乎不太合適，現在有小朱陪同，我也不必擔心阿佘和志聰。我簡單交代一句，便走上樓梯，回家做作業去。

爸抬起頭，放下《射雕英雄傳》，疑惑地問我：「今天這麼早，沒去阿佘的家嗎？」

我將事情始末告訴爸，他搖搖頭，喃喃道：「沒想到阿佘是性情中人，你不告訴我，我還以為她是那種不正不經的女子，終日躲在家裏，百無聊賴，還為着男友與家裏翻臉……」

我凝視着茶几上翻開的書頁，看見插圖中的歐陽鋒手握蛇形手杖，正要施展武功。蛇身纏繞手杖，蛇頭掙開口，露出劇毒的牙和分岔的舌頭。我知道，在武俠小說的世界，蛇永遠是反派的象徵。

爸補充說：「早前我阻止你去他們家，也是怕你跟着她會學壞……看來是我多慮了。」

晚飯後，我嘗試下樓，到小朱的家看看狀況。可是他們單位的窗葉漆黑一片。撥出的電話也沒有人接聽。

——·——

翌日，志聰沒有回校上課。

下課後我立刻跑去街市，在地產店找到小朱。他的目光散渙，一臉疲憊，看是一夜未眠的樣子。原來他們昨夜留守醫院，陪伴余先生度過最後一夜，余先生終在午夜時分辭世了，阿余和志聰哭成了淚人。

小朱歎氣說：「阿佘這人就是倔強，其實心底裏一直內疚，一直想回家看看，但她嘴硬，一再逃避和拖延。你看現在……現在已經太遲了。」

旁邊的富姨插嘴說：「所以說，子欲養而親不在，你們要把握機會孝順父母。」

我點點頭，只見小朱面有難色，失神的眼有點水汪汪的。我知道富姨戳到了他的痛處。我們都知道，小朱的母親兩年前去世了，他與父親的關係也很惡劣。

富姨連忙打着圓場：「小朱，雖然你媽不在了，也當孝敬你爸爸。」

小朱抿着嘴唇，帶怨地說：「他不管我們母子的死活，說不定在大陸風流快活呢。」說罷胡亂翻揭桌上的文件，逃避什麼似的，「我都近乎忘記他的容貌了。」

我和富姨面面相覷，沒有回應他。

隨後幾天，志聰都沉默不語，上課時顯得有點心不在焉。我不懂得如何安撫他的喪親之痛，只能適時陪伴和問候，並協助他解決課業上的疑難。至於阿佘，她的痛依舊藏匿心中，如同她離家以後，多年以來，一直將心底的思念埋藏。

余先生彌留那一晚，阿佘才得知，原來父母一直密切追蹤她的直播頻道，每次都會觀賞和點讚，好幾次還以匿名網友的身分，與阿佘在聊天區裏互動。這是志聰在醫院告訴阿佘的，志聰説：「爸媽一直叫我隱瞞此事，他們怕姐姐一旦發現了他們的身分，會立刻封鎖他們，這樣便不能得知姐姐的近況了。姐姐聽到這個真相後，整個人僵住了，淚就不自控地流下來。她跑到牀前，向爸爸道歉。但爸爸仍然昏迷，沒有回應她。」

最後，牀上的軀體喪失了最後一口氣，氧氣罩裏的白霧消散，余先生的容貌變得清晰。未修剪的鬍子參差不整，扎進了阿佘的心頭。

我靜靜地攤開課業，房子裏醞釀着一股難以驅散的寂靜。阿佘今天沒有濃妝豔抹，她很素淡，穿着鬆身的T恤，臉色有點蒼白，眼睛有點浮腫。她帶着笑意，坐到我和志聰旁邊，指導我們做課業，遇到不懂的題目，便一同思考，用互聯網搜尋答案。

漸漸地，阿佘和志聰有說有笑，終於像一對姐弟了，能夠互相扶持，真好。

我們合上作業，志聰才試探地問：「姐，下週做節，我們回家跟媽媽吃頓飯，好嗎？」

阿佘爽快地應一句「好」，臉上儘管素顏，但笑容比直播時那副悉心化妝的容貌來得更美麗、更純粹。

我想，遺憾是可以用另一種圓滿來彌補的。

七

奶茶與紅豆冰

阿濤叔叔常誇讚說，馬達餐廳是區內最有意思的食肆。他曾在飲食網站看到網民批評馬達餐廳的食物不衞生，阿濤立刻反駁：「那幫地產商真陰毒，專門請人寫衰馬達，就是為日後收購鋪路。」

我不置可否，馬達餐廳是見證我成長之地，它是街坊聚談的落腳點、課後的自修室、楊媽媽的工作場地。於我而言，它的空間意義、承載的記憶遠比其食物的質素重要，最常光顧的食品，大概只有馬老闆每次下課贈送我的一杯紅豆冰。紅豆的軟糯和甜膩，是課後悠閒時光的味道。

阿濤叔叔喜歡喝馬老闆沖的奶茶。他常說：「飲老馬的奶茶是有癮頭的，比嗎啡還要厲害。」他嬉皮笑臉地說，楊媽媽總會在旁邊瞪着他。

沖奶茶一事，馬老闆從不假手於人，他會站在水吧後，熟練地提起一個長長的網，另一隻手高舉茶壺，從高處斟落，褐色的茶穿越紗網墜落身下另一個壺。這個過濾的程序有助去蕪存菁，將茶水內所有雜質都篩掉，一杯香醇嫩滑的奶茶就此提煉而成。

握茶壺要用力，馬老闆將銀光閃爍的茶壺高舉半空時，短小的無名指格外顯眼。缺了節指骨，重量落在其餘的手指上，它們自然要承受更大的負擔。但馬老闆依然穩如泰山，未曾失誤。

我向阿濤叔叔讚歎：「馬老闆真厲害，可惜手指短了截，拿起茶壺好像有點吃力。」

阿濤啜了口凍奶茶，低着頭沒有回話。我忽然醒覺，馬老闆正是為了他才犧牲半節指頭，不禁暗罵自己多口，哪壺不開提哪壺。

——·——

餐廳門外的落地窗，除了張貼是日菜單，還有馬老闆與一些藝人的合照。阿佘曾指給我看，說其中一張就是她喜歡的佘詩曼，連忙向馬老闆打聽偶像光顧的細節。我發現，這裏不少照片已經泛黃，經過長年曝曬，照片的顏色逐漸淡化，像渺遠的記憶，被一層白霧罩住。比較舊的幾張，馬老闆顯然年輕多了。他仍未留鬍子，上唇光禿禿的，頭上有濃厚的髮，搭着藝人的肩頭，笑容燦爛。藝人站在中央，另一頭亦站着一個男人，相貌與馬老闆極之相像，像是倒模的製品，但男人的個子矮了點，眼睛小了點，笑起來眼睛瞇成縫。其餘幾張照片，也能察覺男人的身影。他該不會也是明星吧？

趁着傍晚落場時分，客人陸續離開，我走到收銀處前，問馬老闆：「門外跟你拍照的人是誰？」

馬老闆正在計算一天下來的營業額，計算機的按鍵聲不絕於耳。他頭也不抬，應道：「都是些明星呀！發哥你應該認識吧，之前還重播他的《賭神》。」目不轉睛地盯着一堆皺巴巴的賬單。

我知道馬老闆誤會了我的意思，便修正說：「我指那個照片中出現很多次，跟你很相像的男人。」

計算機聲音嘎然而止。楊媽媽從水吧喊出來：「你不要問題多多！趕緊做功課。別阻着馬老闆入數。」媽真的跟富姨愈來愈像了，我已完成功課，難道跟馬老闆搭訕也不行嗎？

馬老闆有點錯愕，但他始終是善解人意的：「霞，別這樣，孩子是應該有好奇心的。小舒，他是我的孖生兄弟，我的哥哥。」

「原來馬老闆你有哥哥，我怎麼沒見過他呢？」我說。

馬老闆抬頭，微笑說：「他過身許久了。」語氣淡淡的，隱藏着經時間稀釋的哀傷。

回家途中，楊媽媽一直責備我，罵我不懂人情世故，淨會給她丟臉，這樣弄得馬老闆多難堪呢。我自知理虧，不敢說話，沿途一直低着頭。我們在升降機遇到繼康嬸，楊媽媽才稍稍暫停了責罵。踏入家門，她指了指天花板，壓低聲音對我說：「你要是這麼諸事八卦，日後就像她一樣，不受人歡迎。」

後來我才知道，馬達是馬老闆爸爸的名字，這間餐廳是他創立的，養活了一家四口。妻子先辭，馬達先生臨終前，囑咐兩個兒子——大子馬維正、次子馬維義繼承衣鉢。可惜馬維正不敵癌症折磨，英年早逝，留下馬老闆獨力承擔起家業。

馬老闆就像他有缺陷的手，家庭成員被削減後，遺下的擔子便由活着的人來肩負。

可是，阿濤叔叔終日提起的地產商還未進行收購，銀行的人卻來了。馬達餐廳終究還是躲不開厄運。

——·——

那天我下課，慣常前往馬達餐廳歇腳，奇怪的是，我看不到落地玻璃反射得耀眼的陽光。餐廳的鐵閘關上了，只留下門的位置開着，讓人能跨過鐵閘穿進去，遠看像個深不可測的洞穴。

我加緊腳步，跨過洞口，邁進餐廳。室內沒有亮燈，只有陽光在地板區分光明與黑暗，顯然不是在營業。馬老闆坐在圓桌旁，一臉憂愁，昏暗中顯得蒼老了許多。卡座上坐着楊媽媽和富姨。

「小舒來了，你坐着吧，我沖杯紅豆冰給你。」馬老闆正要動身。

「你還有心思理會孩子？現在十萬火急，想想如何保住自己間舖頭最緊要！」富姨說。

我愣在原地，難道馬老闆遇到什麼難題了？

富姨語氣放軟，繼續說：「老馬，都怪我。都怪我沒辦法管着他……」

馬老闆步向水吧，聽到富姨的話，急忙轉身，阻止她說：「虎姐，你千萬別這樣說。要怪就怪我當初沒有帶眼識人，自己倒霉就算了，我還要做媒人，把阿榮介紹給你，弄得你……唉，總之是我錯，現在自食其果，是罪有應得。」

我聽得一頭霧水，馬老闆這樣仁慈，為何有罪呢？

楊媽媽插嘴道：「呸，我不許你這樣說自己。你是錯在太信任朋友、太有義氣。倘若銀行的人要來收舖的話，你叫他們找阿榮，一人做事一人當。」

富姨搖搖頭，苦笑一聲：「霞，你別那麼天真。香港是法治社會，講法律條文，不講人情，老馬做了阿榮的擔保人，現在阿榮還不了錢，逃之夭夭，自然是向擔保人追討。他簽了名，白紙黑字，沒法抵賴的。」

馬老闆哀歎道：「他當初信誓旦旦，跟我說會痛改前非，要向銀行借一筆錢，回去搞點小生意，貨源也找到了，只差資金。他說萬事俱備，只欠東風，老馬你不會見死不救吧？當時他的神情很認真，洗心革面的模樣，不像在欺騙我……」

「他每次都這副模樣，我早就看膩了。」富姨說，別過了頭，若有所思。

陽光剛好在水吧前屈折，馬老闆走進了漆黑之中，沒法承受光芒。我隱約看見他在製作紅豆冰，魁梧的身影挨在桌前，顯得無力、疲弱，急需外物扶助，手中飲料遲遲未調製好。

「你們說，我現在怎麼辦？我哪來的錢賠給銀行？剛才銀行的人說過，這種情況未必能做按揭，難不成真要結業？這餐廳可是我爸留下來的，他臨死前千叮萬囑，要我和阿正打理好它。現在阿正兩腿一伸，離開了我，我卻……卻要將餐廳拱手相讓給銀行？」馬老闆的聲音像脫軌的音帶，不再渾厚沉實如昔，而是粗糲和教人心寒的。

我不曾見過馬老闆如此悵惘，在我印象裏，他永遠處變不驚、值得信靠，像一匹沉穩的馬，讓騎師放心坐在他身上。無論身後的擔子有多沉重，他都一聲不吭，默默應付每一場賽事，完成使命，即使現實的轡繩不斷在他身上鞭撻着，仍不會放棄。

馬達餐廳徹底寂靜了。每天這個時段，客人散去、準備打烊時也如此寧靜，以往這種寧靜宣告着一天工作後的滿足，此刻的靜卻是荒涼的，讓人不得不防備接下來黑夜潛伏的危機。

馬老闆遞來紅豆冰，我輕聲道謝，便低頭啜着飲料，不敢發言。大概是蹉跎太久的關係，冰塊融成涼水，紅豆冰的味道被稀釋，淡淡的，很難喝。當我想到馬達餐廳可能會結業，我的喉嚨就像堵住石頭一樣，連一口液體也嚥不下。

阿九的叫聲忽然劃破了凝滯的時光：「救命呀！撞車呀！着火啦！救命呀！」

馬老闆如夢初醒，抬起頭，虛弱地對我們說：「時間不早了，你們走吧，別管我，我想自己靜靜。」聲音凝結在空氣中，沉降不起，像一顆卡在飲管裏的紅豆，堵塞了杯中飲料流暢輸送。紅豆不上不落，假如猛力吸啜，恐怕食物未經咀嚼闖入喉嚨會嗆到。

我們三人面面相覷，只好依他的意思離去。我轉身準備離開時，卻有種龐大的愧疚感襲上心頭，我突然覺得，自己不再是小孩子了，受了馬老闆這麼多年的恩惠和照顧，此刻我不應一言不發地離去。

我回頭，走到馬老闆身邊，安慰他說：「馬老闆，你別難過，錯的不是你。我相信我們和其他街坊不會眼睜睜看着餐廳結業的。」說時心裏發着虛，我憑什麼向他保證餐廳不會結業呢？

馬老闆的鬍子抖了抖，他的嘴唇很乾，好像很久沒喝過水。他緩緩說：「謝謝你，小舒，謝謝你。」回頭向楊媽媽說：「霞，你的孩子真懂事。」

楊媽媽、富姨和我跨過鐵閘，刺眼的夕暉擁抱着我們。我知道，就算返回住所，今夜我們的心依然駐守在馬達餐廳的卡座，還有馬老闆瞬間蒼老的臉上。

楊媽媽整晚心神不寧，她向爸爸說了餐廳的事。爸忿然地說：「這個阿榮真有本事，累了你姐，現在又連累老馬，我們上輩子到底欠了他什麼？」他放下報章，喝了口茶，思量片刻，徐徐道：「我們得幫幫老馬，我雖然沒工作，但還有點積蓄，老馬是阿濤的恩人，也是你的恩人。我們能幫多少是多少。」

楊媽媽張開臂彎，輕輕抱着爸，在他耳邊溫柔地說：「老公你真好。」

——·——

翌日清早，馬達餐廳沒有開業，鐵閘被晨光粗暴地照射，鐵片的銀色顯得很蒼白。

晨運後習慣去馬達餐廳吃早餐的街坊，接二連三地摸了門釘。他們都問，馬老闆全年無休，三百六十五日之中，只有年初一至三會關門，其餘日子都營業，他到底發生什麼事了？

面對突如其來的假期，留在家裏的楊媽媽如坐針氈，她多次撥電話給馬老闆，但那頭只有冗長的悶響。她撥了好幾次後，終於放棄了，為免自己胡思亂想，便握起地拖，開始清潔家居，不讓自己歇下來。她眉頭緊皺，心情顯得很差。

爸爸不耐煩地說：「你就不能歇歇嗎？難得休息，也要拖地，真是辛苦命！」

媽大汗淋漓，拭着額上的汗珠：「勞動心裏才踏實，老馬也是這樣說的。」拖到沙發旁，爸爸吊起雙腿的當兒，她又補充道：「難道像你嗎？整天待在家裏，什麼也不做。」

爸放下腿，有點生氣了：「你非要在我傷口撒鹽嗎？」用力合上書，趿着拖鞋，也不顧地板濕滑，逕自回房間，關上門。

爸媽昨晚不是很恩愛嗎？此刻卻為着雞毛蒜皮的事，鬧得如此不快。因着馬老闆的事，我的心情糟透了，成年人的世界實在太複雜、太匪夷所思了。

隨後兩天，馬達餐廳仍未開業。阿榮債台高築，馬老闆虧欠銀行錢，馬達餐廳可能被銀行變賣的消息在區內不脛而走。街坊聞訊後，紛紛前來虎姐地產找富姨探聽消息。

我課後來找小朱，推門就見繼康嫱依着神枱，搖頭歎息：「唉，怎說老馬也是個好人。你的衰老公真是累人累物，總要人家為他收拾『蘇州屎』。」說得富姨好像責無旁貸。

富姨上香，手掌合十，向關帝拜了拜，徐徐轉過頭來，糾正她說：「他不是我的丈夫。他的一切已經與我無關。」

繼康嬸嘴角微微上揚，說：「哦，是的是的，總之被他害得雞毛鴨血就是了。」話題完結，她仍捨不得離去。

富姨說：「我準備見客，招呼不到了。」便推開門，一副端茶送客的架勢。繼康嬸有點不悅，哼一聲回到豬肉檔去。

小朱抬頭，一臉錯愕：「要見客嗎？誰？」

富姨露出沒好氣的樣子：「你真是蠢過豬！我為了打發那個長舌婦才這樣說。」

那天晚上，樓上便傳出爭吵的聲音，我站出露台，側着耳朵，聲音的源頭是繼康叔的單位。

「我不管，總之你不能拿我們的錢！」繼康嬸潑辣的聲音很耳熟。

「你少管閒事！這趟我定要幫忙。你阻止的話，大不了我們就離婚。」繼康叔吼道。

「離婚好呀！離婚好呀！我可以同小蓮結婚啦！」阿九的叫囂摻和其中，然後聽到婦人的哭喊聲，也有人摔物件，所有聲音混成一團，雜亂無章。

——·——

翌日課後，馬達餐廳重新營業，我惦念馬老闆，立刻一個箭步走進去，沒想到餐廳內人頭湧湧。街坊圍着馬老闆，爭相為他出謀獻策，也有不少人直接傾囊相助，將紅包塞進他的掌心。

爸爸和楊媽媽也在餐廳，爸爸握着一疊鈔票，正跟馬老闆推讓着。

馬老闆說：「牛哥，這怎麼行？你們還要供書教學，養育小舒成人，何況你目前未有工作，要留個錢傍身。」

爸爸語帶幽默地說：「這些錢你必須收。你是阿霞的米飯班主，日後餐廳重上軌道時，多加點人工給她，錢不又回到我們這裏了？呵呵。」

楊媽媽輕踹他一腳，示意他不該說這種話。「餐廳現在這種境況，你提什麼加人工？我們應該風雨同路的。」

卡座的侯婆婆搭話了：「是的，風雨同路嘛，好似小鳳姐咁唱：『似是歡笑，似是苦困……』」

馬老闆被他們逗笑了：「人工一定要加！」臉頰浮現紅暈，多了幾分生氣。

我上前奪過鈔票，塞進馬老闆的手，幫着說：「你就收下吧，馬老闆，最多你沖多幾杯紅豆冰給我補數。」

馬老闆又哈哈大笑起來，再沒有推辭了。楊媽媽瞪着我和爸說：「兩父子一個模樣！」

此時，繼康叔走進來，手裏拿着一個皮夾子。二話不說，就推到馬老闆的懷裏。

「康叔，你別這樣，大家生活也不容易，沒理由要你們的錢。」

繼康叔決斷直言：「你給我收下！未來一年，這裏的豬肉全數由我包辦，我保證挑最好的給你，不收錢。」

馬老闆不好意思。繼康叔不耐煩了，也顧不得街坊的目光，索性將過往恩情搬上來：「要不是我，你不會無辜斷了根手指。那時你有權告我，但你沒有追討索償，還騙警方說是自己意外砍到的。要是你用法律途徑追究責任，我要賠償的錢或許還不止那麼少。」

街坊紛紛點頭說是，心裏對馬老闆寬宏大量、繼康叔得人恩果千年記的舉動更是敬佩萬分。

「要是我老婆來追討，你千萬別理她。她這人財迷心竅！」繼康叔叮囑說，大家想起繼康嬸錙銖必較的樣子，不禁笑了起來。馬老闆重現笑容，鬍子彎彎的翹起，多麼帥氣。

今天的紅豆冰格外香甜，能掃去暑熱，同時掃走壓抑數天的煩悶。

街坊同心協力，替馬達餐廳集資，馬老闆早兩天回了家鄉，帶回些積蓄，拼拼湊湊，應該能償還阿榮虧欠銀行的款項，馬達餐廳總算度過危機了。為答謝大家，馬老闆決定免費沖奶茶讓街坊品嘗。大家額手稱慶，小小的餐廳未曾那麼歡騰、那麼熱鬧。

馬老闆站在水吧後，上演他每天拉茶的工序，看得街坊拍手叫好。奶茶遞來，我淺嘗一口，流連口腔的是香醇的甘露，茶與奶的分量調得恰到好處。泡製奶茶的技法，正是馬達先生傳授馬維正、馬維義兩兄弟的獨門技術，難怪馬達餐廳的奶茶裏有歷史遺留下來的芳香。

我知道，經過歷練的人，就像眼前篩去雜質的嫩滑奶茶一樣，廣受垂青。

馬老闆深深鞠了一躬：「謝謝各位！」眼睛閃現淚光，或許出於感動，或許是他想起了先辭的父親和哥哥。誠然，生命的不順遂在所難免，可幸馬老闆沒有背棄承諾。我相信，馬達餐廳的燈光不會輕易熄滅。

八

舐犢情深

我從小已弄不明白，生肖裏的羊，所指的到底是綿羊還是山羊。綿羊是乖順、溫柔的象徵，牠們將身上雪白的毛奉獻給人類，而山羊，則是冷峻、堅毅的象徵，牠們的眼睛像果核般小，臉龐尖長，頭頂的雙角是保護自身的武器。

楊媽媽對馬達餐廳的顧客都招呼得很好，侯婆婆常說，彩霞與彩富真不像兩姐妹。阿富果斷獨立，個性強悍，阿霞則溫柔體貼、善良、易哭。我坐在一旁做作業，想反駁些什麼，又終究沒說。我覺得街坊對楊媽媽的認識是片面的，楊媽媽的外表工夫做得很妥帖，但回家後其實與富姨沒兩樣，沒錯，她容易哭，但與感性或脆弱沒有必然的關係，她大多時只是被我和爸爸氣哭。

因此，生肖書籍中，將羊翻譯成 Goat 或 Sheep 都不妥，就像楊媽媽，我沒法將她歸類為綿羊還是山羊。

——·——

每逢年末，大掃除都是我最怕的事情，面對堆積如山的雜物，遲遲下不了清理的決心。楊媽媽經過多年在餐廳的鍛煉，處理家務瑣事則非常勤快、利落，她隨意披件短衣（不用漂亮，只要寬身、通風，讓汗水有蒸發的空間即可），就一股勁兒地拖地、抹窗，弄得胸前濕了大片。她將地拖塞進水桶的間隔，用力地擠壓，污水流瀉進桶子裏時，從客廳大聲地嚷着：「蔣小舒，你半小時內還未執拾好房間，我就把你所有雜物統統扔掉。你可別敬酒不飲飲罰酒！」

最後一句，弄得好像三國演義裏的脅迫手段，不過收拾個房間能了，不至於這樣吧？何況，我也沒嘗過楊媽媽的敬酒。我不明白，為何楊媽媽不能耐心地跟我說話。

面對散落一地的文件套、課本、照片、玩具，我厭煩不堪，楊媽媽的催促更是火上澆油。

「知啦！麻煩。」我忿忿然說：「老竇不也很慢嗎？你不說他，淨說我！」

楊媽媽聞言，放下地拖，赤足走到我的房門外，指着我，厲聲地說：「好了，現在大個仔，學會駁嘴駁舌，你爸年紀比你大，慢一點沒所謂，何況我們房間的雜物也不比你多。你做小的，被媽媽說兩句就不行了？」轉頭回房間，我聽見她向爸爸說了句：「都怪你寵的。」

我氣死了，我討厭楊媽媽的話有富姨的口吻，成年人總愛踐踏年輕人的自尊，把我們踩在足下，來顯得高人一等。我將幾本書隨意丟在地上，以示不滿，便過鄰房去找爸爸，向他討公道。

爸爸膝蓋不好，不能長久蹲着收拾，於是他坐在小板凳上，屈身整理一個月餅盒裏的照片。老花鏡懸在鼻尖上，似乎快要墜落。我好奇上前，一手奪去一張，爸來不及反應，便連忙向我講解照片內容，像個做錯事的孩子，被老師識穿後急着解釋。

「這是我和你媽相識之日，在北京鳥巢拍攝的。那天影星成龍破天荒，在鳥巢開演唱會。我一向愛看成龍的武打片，便去了捧場，你媽當時坐在我旁邊的座位。我們聊着聊着，發現大家志趣相投，就這麼……」儘管年紀不輕，說起愛情往事，爸的兩頰還是浮現淺淺的紅暈。

我對他狡猾一笑，照片裏的爸少了灰白的鬢髮，是個不折不扣的中年漢，顯得有點油頭粉面。至於楊媽媽，她的變化可大了，照片裏，她青澀地微笑，像個不諳世事的女子，她那時留一頭短髮，髮尾不過脖子，像個鄉村少女。她與爸的距離也有點疏，肩頭之間的空隙有點礙眼，大概是初次見面，並不熟絡的緣故。

我忍不住大笑起來：「媽，瞧你這副入世不深的樣子，哈哈哈……這個髮型挺好看呀！至少比現在好多了——」

我肆意揶揄她，目的是要報復她剛才的無理取鬧。

媽腦後的馬尾隨着拖地的動作一晃一晃的，像個鐘擺。她聞言，忽爾停下腳步，像意會到什麼似的，匆匆走進房間，奪去我手裏的照片。她的神情凝重，有點氣憤，攥住照片就罵了爸爸一句：「你給他看這些幹嘛？」又忍不住破出一句北京話：「真缺根筋兒，你這不靠譜兒的東西！」北京話有很多兒化音，楊媽媽的舌頭捲曲得像打結似的。

北京是楊媽媽的故鄉。來港多年，她的粵語已經説得很流利了，沒有阿嬌那種新移民的口音，但着急時，她依舊擺脱不了説家鄉話的習慣。可我並不總是聽得明白。

畢竟是張照片罷了，不看也罷，但楊媽媽反常的行為，不免令我疑惑。

她好像不是為我的訕笑與不敬而生氣，她倒怪罪於爸，難道裏頭有不可告人的秘密？我嘗試問爸爸，但他像頭沉默的牛，再不發一言，只催促我回房間收拾去。

我心裏有點忐忑，關係最親密的父母，忽然好像成為彼岸的人，面目模糊。我發現我們之間隱隱約約，築起了一堵難以逾越的牆壁，關乎欺瞞和隱藏。而楊媽媽，就是那個竭力站在牆後，抵禦城牆的人。

但我畢竟是善忘的，農曆年像往常般過去，喜慶氣氛淡卻，生活如常。客廳牆上貼着一張「合家平安」的揮春，金粉標楷字體，印刷在紅彤彤的絨布上，非常奪目。它提醒我們樂也融融的家並非必然的，因為生活永遠充斥着不如意。

——·——

新春後不久發生的那件事情，幾乎讓我們的家瓦解成碎片。

那天學校有一節週會講座，特別邀請了校外嘉賓，向全校同學分享體壇盛事——奧林匹克運動會的歷史由來。屏幕展示了熟悉的五環標誌，象徵不同種族和文化背景的選手都能在奧運賽事中公平競賽，無分國界。另一張簡報上，五隻吉祥物並列其中，講者說，這是二零零八年北京奧運會的吉祥物福娃，用普通話依次唸出它們的名字，便得到「北京歡迎您」的諧音，頗有意思。

我本來正神遊太虛，但我忽爾瞄到，五隻福娃的身下，是熟悉的鳥巢形狀體育館。這不是爸爸跟楊媽媽合照的地點嗎？

講者隨即說：「為籌辦這項盛事，北京當局獨具匠心，興建了一座外型很特別的運動館，這就是簡報右下方的鳥巢。這座建築物於二零零八年六月竣工，很多賽事就在裏面舉行……」

我若有所思，好像有點不對勁。但一下子又想不通是什麼問題。

「奧運會過後，鳥巢沒有拆卸，反而用途更多樣。曾有影星在此舉辦演唱會，也有大型展覽和會議在裏面舉行。」講者簡短地補充，大概是午飯的鐘聲快要響起，他匆匆按下鍵盤，畫面轉換成水立方。

我想起成龍。趁午飯能使用手提電話，我立刻上網搜尋資料，終於在維基百科找到這一段文字：

> 二零零九年四月二日，國際巨星成龍宣佈於五月一日在國家體育場舉行「成龍和他的朋友們二零零九北京大型演唱會」，成為第一位在「鳥巢」舉辦演唱會的歌手。

倘若爸爸的記憶沒錯，他與楊媽媽該在二零零九年五月一日相識，可是，我明明生於二零零八年啊，怎麼會這樣？到底發生了什麼事情？難道……難道他們其中一人並非我的親生父母？我將手冊翻到個人資料的欄目，父親蔣天牢，一九六一年，母親楊彩霞，一九七九年。屈指一算，爸爸比楊媽媽年長十八年的事實再次浮上水面。

問題呼之欲出。整個下午的課，我都焦急如焚，老師的話半點都進不了耳朵，我向志聰透露了情況，他冷靜地對我說：「你不要衝動，也不要當面問他們，這樣很唐突的，課後我們一起去找富姨吧。」

課後，我們拔腿往街市的方向奔跑，繼康嬸又來了，倚在地產店門前說個不停，富姨見我上氣不接下氣，忙問道：「小舒，你們怎麼了？趕着投胎似的。」

壓抑了整個下午，我已經憋得一臉紅，激動地問：「富姨，你們是不是有事情瞞着我，為什麼……為什麼我出生後，爸爸媽媽才認識？」

富姨瞠目結舌，愣在原地，一向善辯的她，竟嚇得說不出話來。沒想到竟是繼康嬸搭嘴道：「虎姐，紙還是包不住火，小舒都讀中一了，是時候跟他說實話。」

我不能言語，轉身盯着繼康嬸，難道她也知道內情？她續說：「你不要怪我多事，但小舒，你要感激你媽媽，將你這個『油艇仔』養得那麼大，多不簡單。我自問沒有那麼偉大。」

富姨想掩蓋她的嘴巴，卻也來不及。繼康嬸的說話有如針刺般，一字一字扎進我的心頭。我忽然覺得整個世界昏暗下來，調頭就要逃跑，但我不知要避往哪裏去。我衝出街市，使勁地跑，竭力讓迎面而來的風將不願面對的事實甩在身後。眼淚模糊了視野，我只依稀聽到志聰、富姨在後頭叫着我：「小舒——！」

志聰在公園一隅找到我，我正瑟縮在石椅的角落，不能自已地顫抖。為什麼他們要騙我？為什麼我不是楊媽媽的兒子？為什麼！

志聰不斷重複着一句：「你冷靜一點，你冷靜一點。」

但我不能！

馬達餐廳那頭，一個熟悉的身影跑過來，女人紮起馬尾，奔跑時後腦的髮在搖擺。楊媽媽步入公園，看到我，連忙奔跑過來，差點還被遊樂設施地上凸起的護墊絆倒，腳步是踉蹌的。

「小舒，小舒！」她把我摟在胸前，我嗅到汗水混雜着油煙的氣味，感到很厭惡，想到她可能不是我的親母，一把將她推開，大嚷：「你究竟是誰？」眼淚像瀑布源源奔下，不能停止。

楊媽媽愣住了，眼眶瞬間通紅，她抿着嘴唇，淚就悄然無聲地滑下。

志聰阻止我：「你怎能這樣跟媽媽說話呢？」

我大聲嚷着：「她不是我媽媽，她一直冒認是我媽。他們騙了我十多年了，假如今天不是我拆穿這個秘密，他們還會繼續把我當小孩子，騙我一輩子！我覺得很害怕！你們為何要瞞着我？我現在判斷不了什麼是真的，什麼是假的。我們不是最親的家人嗎？」

我泣不成聲，到底為何會鬧成這個局面？楊媽媽一語不發，她只管低頭擦着淚，不斷抬頭看天，深吸着氣。她大概有點虛弱，徐徐走到遊樂設施那頭，坐在滑梯底，雙手支着俯下的頭。

此時，富姨和爸爸也趕來了。富姨見狀，幾乎嚇壞了，連忙上前搭着楊媽媽的肩，詢問她的狀況，只見楊媽媽搖了搖頭。

富姨走過來說：「小舒，你不能這樣孩子氣。父母不告訴你真相，是不想你難堪！難道你不明白？」仍是高人一等的訓斥語氣，聽着就教我惡心。

我瀕臨失聲地大叫：「你閉嘴！她不是我媽媽，那麼你也不是我的姨媽。我們沒有血緣關係。」腦海不斷閃現昔日富姨對我的冷淡，她輕視我、蔑視我、疏遠我，把我看成少不更事的孩子。原來是這個原因嗎？

「小舒，你不能這樣無禮！」楊媽媽跑過來，努力壓抑着情緒，穩定着語調說：「沒錯，我不是你親母，但我也不是第三者。你媽媽誕下你之後，失血過多，意外離世。你爸心裏難受，還要獨力照顧你，很不容易。不久後我們在北京偶然認識，感覺大家相處起來還不錯，後來就結婚了。那時你才一歲，什麼都不懂。如何跟你解釋？」

說罷，楊媽媽的身體瑟瑟發抖。富姨趕緊摟着她的肩頭，支撐着她。

「是的，我什麼都不懂，你們都愛把我看成小孩子。我就是好欺負的。你一個大陸女子，肯嫁給一個相差十八年的男人，不也是貪圖香港福利好，可以享受榮華富貴嗎？你這樣做，跟鄰家的阿嬌有什麼分別？」

臉頰馬上傳來一陣熾熱。

爸爸抽了我一記耳光，大喝道：「她們不同！」

他目露凶光。十多年來，爸爸與我爭吵得再劇烈，也只會到互不理睬的地步，他不曾出手打過我。

我撫着疼痛的臉，哭得更一塌糊塗了。

「蔣小舒，你胡鬧夠了！」爸爸喝道。楊媽媽連忙呵護着我：「你別打他，你別打他，這都是我們上一輩的事情，不要為難孩子。」

我哭得渾身乏力，倒在楊媽媽的懷裏，沒法掙扎，但我就是沒法吐出一聲「媽」。

「生娘不及養娘大。這十多年來，你媽含辛茹苦地照顧你，你難道看不到嗎？是的，她有時對你比較嚴格，那是為着你好，棒下出孝子的道理，你作為中學生，難道不明白嗎？」爸爸厲聲地說。

「再說，你媽來香港後，你和你爸給她享受了什麼富貴日子？你說說！」富姨道。

話。

這句話猶如一盆冷水，澆滅了我和爸爸的氣焰，只見爸羞慚地垂頭，沒有說

楊媽媽渾身打着哆嗦。她為我擦去眼淚，指頭畫過我的臉龐時，感覺很粗糙，像一塊乾燥的毛巾。仔細一看，楊媽媽的指頭都是厚繭，發白、龜裂，再不粉嫩。長年累月的家務、馬達餐廳的雜務，都如沙礫般磨去它們的光澤。楊媽媽勤儉、吃苦耐勞，她彷彿不曾停止過工作，為着這個家，為着他人，為着爸爸和我——

我忽然記起，每當我想選報課外活動，她會二話不說地交錢；我沒法忘記，爸爸失業後她沒有怨言，反而默默承擔額外的經濟壓力；我還記得，阿九住院時她買果籃前去探望、侯婆婆家境清貧她特意將飯盒盛得滿滿給她、馬老闆面臨困難她就讓爸爸慷慨解囊……

楊媽媽總是將別人放在自己之前，從來沒有人過問，楊媽媽需要什麼，她喜歡什麼。她就像那隻被剃去羊毛的綿羊，犧牲自己，也要讓別人感受到毛衣的溫暖。

而我，居然將她和貪慕虛榮的阿嬌相提並論，剛才的話多傷她的心啊。

正因楊媽媽不是我的親母，她對我的養育之恩，更不應被視作理所當然。

公園靜下來了，清風拂面，我感到臉頰很涼，赫然就清醒了。楊媽媽低吟着：「小舒，對不起，是媽媽不好。我們不應瞞着你。你已經長大了，有你的選擇，假如你接受不了這個事實，以後也可以改口，叫我姨姨……」

我虛弱地倚在楊媽媽身上，覺得很疲累，聽到這一句，頭皮一陣發麻。我怎能叫她姨姨呢？眼前的女人，她不過四十餘歲，卻顯得過分滄桑。嫁到香港以後，她沒有過上一天富足的日子。但她依舊積極地活着，像一頭山羊，堅毅不屈地在山澗和岩石之間躍動，羊蹄沒有停息，朝着登峰造極的目標前進。

我從懂事以來，已經認定這個女人，她是我唯一的母親，我的楊媽媽。任何事情都不可能動搖這個信念，不可能抹去十多年來，我們朝夕相對的時光——

我努力地張開嘴巴，叫了一句：「媽！」

楊媽媽破涕而笑，她激動地，用下巴抵住我的頭顱，緊緊摟着我。很快她又推開我，故作嫌棄地說：「你的頭很臭，今晚記得要洗頭！」

我們都忍俊不禁，哈哈笑了起來。一切恢復了原貌，真好。

我和楊媽媽之間的牆壁被推倒，然後瓦解了，漫天的煙塵散去，定睛一看，原來牆後晴空萬里，烈日照耀着一塊翠綠的草原。數十隻羊正俯下頭，默默吃着青翠的綠草。

九

光與影

楊媽媽常囑咐我說，整棟大廈裏，我可以拒絕幫助阿佘、小朱、繼康一家、龍伯伯，甚至阿濤叔叔、爸爸和她，唯獨對侯婆婆要多加關懷。她畢竟是個獨居老人，經歷了那麼多坎坷，很可憐的。

說時，她正在廚房，用勺子把飯往塑料盒不斷地壓，楊媽媽特意多煮了飯菜，留一盒給侯婆婆。

爸放下報章，反駁說：「霞，你這話不妥，街坊街里本應守望相助，平等對視，你不能教小舒差別待遇。」

楊媽媽沒有回應，我們都知道，爸爸向來對侯婆婆有偏見，何況現在他丟了工作，家裏不算富裕，眼看媽每天多煮一人分量的飯，嘴裏雖沒意見，其實心裏不是味兒。

「侯婆好慘的，老伴先辭，孤身一人。我們一場街坊，難道不應照顧她老人家嗎？」楊媽媽有點不服氣地說，逕自蓋上飯盒，往走廊盡頭的單位走去。

爸歎了口氣，他說，楊媽媽平日樂於聽取他的勸諭，唯獨在對待侯婆婆的事情上，她固執得很。

——·——

侯婆婆每天清晨會帶着手推車，到大廈門外，鋪一張竹蓆在地上，於天光墟擺賣。我偶然會從攤放出來的貨品中，發現熟悉的書本、斷臂的超人、生鏽的襟章，都是我早兩天丟棄的垃圾。侯婆婆佝僂着背，坐在小板凳上，蜷縮作一團，顯得很瘦小。她頭髮花白，白得發黃，以至我在中文課讀〈桃花源記〉時，很容易就能理解「黃髮垂髫」的意思。她的後腦有個髮髻，堅實地盤踞着，像個變壞了的饅頭。我幾次看見食環署職員前來清場，驅趕小販，侯婆婆這時才施施然收拾家當，將貨品全數塞進一個紙箱裏，拖着手推車前往馬達餐廳。

侯婆婆去馬達餐廳跟楊媽媽搭訕。一說就是大半天，有時到了正午時段，鄰近的學生和白領前來用膳，座位短缺，侯婆婆依然不離開，戍守一個卡座靠牆的座位，任由旁人來去匆匆，口沫橫飛，她依舊像雕塑般坐着。

某些街坊對侯婆婆有微言，包括爸，他們都說她恃老賣老，仗着馬老闆好心腸，不敢驅趕她，就肆無忌憚了。其實大家心裏清楚，侯婆婆是圖這裏有空調、有座位、有人陪伴，卻光顧得很少（甚至只坐着，不光顧）。但他們不忍將瘦弱的老太婆打發出去，要她承受門外的酷暑或嚴寒。

「你可不知道，我那時多風光啊。人家爭着來幫襯我公司，訂單多到我接不停！」侯婆婆又談起她的光輝歲月。

據聞她以前做時裝貿易，事業弄得很大，只是後來金融海嘯，捲走了很多財產，想不到，禍不單行，她還被奪去生命裏最寶貴的東西。

「我要接訂單、應酬、回大陸廠談生意，沒時間在港照料老公和女兒。豈料我的死鬼老公顧着吃喝玩樂，女兒只有四歲，他打發她睡覺之後，就將她獨留在家，自己溜出街與朋友風花雪月。午夜回家，醉醺醺的發現閘門敞開，以為有賊進屋。沒想到，賊倒是沒有，女兒卻不見了……」侯婆婆每次說到這裏，就會哽咽起來，話裏隱含無盡的自責。

「那晚我在廣州，有批貨要驗，收到老公的電話，整個人差點沒昏過去。我連夜坐大巴回港，可是女兒終究還是走失了。這麼多年，我如何找也找不着，那時她畢竟只有四歲呀……」

楊媽媽聽到此處，不禁用圍裙印了印眼角。她是侯婆婆最忠實的聽眾，願意傾聽她如卷軸般的往事，眼眸透着幾分同情和憐惜。只要手頭沒有工作，客人寥落的時間，便會看見楊媽媽和侯婆婆在餐廳一隅對坐，馬老闆也不打擾。二人仿若是信徒和神父的關係，一方真誠告解，口若懸河，一方耐心聆聽，默默陪伴。

我一直以為，侯婆婆的悲慘故事只會進入楊媽媽的耳朵，頂多激起少許漣漪，換來幾個街坊的援助。但我不曾想過，這個行將就木的老太婆，有天竟能成為全港市民茶餘飯後的話題。

早兩天，我和志聰下課，打算去阿佘那裏做功課，接近大廈時，就見三輛印有電視台標誌的麵包車停泊門外。

志聰說：「該不會繼康叔又動武，釀成倫常慘案吧？」

我想起許多個夜晚，樓上傳出的爭吵聲，心頭一緊，阿九該不會出事吧？

回到樓層，便見走廊最盡頭的單位，門前有羣人聚在一起。我們依稀看見侯婆婆佝僂的身影，定睛一看，她旁邊還站着個身材高挑的記者小姐。為遷就侯婆婆的高度，她曲着膝，將麥克風湊近老人乾癟的嘴唇。

侯婆婆的門戶打開，幾個身穿白色衞生衣的義工，太空人一樣從她的門檻進進出出，螞蟻搬家似的，抬走許多紙箱。

「婆婆，是什麼驅使你囤積廢物？這樣的環境，你如何生活呢？你的家人呢？」

「我哪有什麼家人？我的老公過身了，女兒詩雅在她四歲時走失，這麼多年，找也找不着。我真是命苦啊，不靠拾荒維生，靠啥？難道靠政府微薄的生果金嗎？」侯婆婆很吃力地眨眼，未幾眼睛便浮泛淚光，然後繼續娓娓道來她的往昔。

記者小姐不斷點頭，麥克風握累了，不斷雙手交替着。攝影師大概覺得她的敘述太冗長，開始在鏡頭後打着圈。侯婆婆沒理會，她開始說得更起勁，更用力，逐漸聲淚俱下起來，這樣一來，攝影師似乎又恢復了心情，旋動鏡頭。我和志聰站在他身後，看見小小的屏幕聚焦着侯婆婆渾濁的淚眼。哭聲在走廊迴盪，聲音擴大了幾分，惹來幾戶鄰舍半開鐵閘，伸出頭來。

「CUT！」聲音像斧頭般砍下，停止攝影，身後的義工立刻停止搬運，記者小姐連忙垂下瘦軟的手臂，扭動手腕放鬆肌肉。侯婆婆很快就擦乾淚眼，跟她握了握手，並鄭重地說：「謝謝你們。」工作人員忙於收拾，無暇理會她。轉瞬整支隊伍已經撤離，侯婆婆回到屋裏，關上門，將幾個好事的街坊擋在門外。

兩晚後，侯婆婆的淚容就在每晚七時半播放的資訊節目上出現。屏幕上的侯婆婆氣若游絲，哭得肩頭一顫一顫的，聲音淒厲。

爸爸二話不說，握起遙控器，轉了台。

楊媽媽阻止，氣惱地說：「喂！我在看呢！」

爸厭煩地說：「她跟你說了這麼多年，你有什麼不清楚，現在可以過去隔離問呀！」

楊媽媽氣鼓鼓的，兩頰有點紅。「街坊上電視，我當然想看呀！你真是蠻不講理。」

「她現在為什麼上電視，領獎了還是選特首？很風光嗎？她的故事，你不厭，我也煩！」爸爸用力放下飯碗，碗底碰撞桌面的哐啷聲有點響，嚇得我的心離了離。

楊媽媽連忙將手指放在唇前，示意爸爸小聲點，別讓侯婆婆聽見。

但爸的氣焰高漲：「我說可憐之人，必有可恨之處。阿霞，你別太天真。」丟下這句話，然後逕自踏出陽台抽煙。

——·——

節目放映後，侯婆婆的悲慘故事在全城廣泛流傳。素來與她不熟的鄰舍，紛紛向小板凳上的老婦投以同情的目光。他們像施捨乞丐般憐惜着她，現在每天課後，當我在家門前翻找鑰匙時，會看見侯婆婆門前放置了白米、檸檬茶、蒸餾水，甚至一個散發出燒味甜香的發泡膠盒，像祭品供奉着門內的人。

熱心的街坊又拿了些女子的照片，特意來馬達餐廳找她，說這些都是孤兒院長大的女子，看她能否找出詩雅。侯婆婆掛上老花鏡，低頭瞥了一眼，就推開了照片。

街坊有點洩氣：「你再仔細看吧，那時她才四歲，相隔數十年，樣子全變了，你怎能輕易判斷她們不是詩雅呢？」

侯婆婆執拗地說：「總之她們都不是！」

街坊自覺沒趣，紛紛散去。

侯婆婆又開始連連歎息，楊媽媽忙着送餐，無暇理會她。我低着頭，啜着紅豆冰，她忽然吃力地撐起身，環顧餐廳一遍，竟朝我笑了起來，嘴角的金牙閃閃發亮。我怕她濫竽充數，找我當她的聽眾。

幸好，當她顫巍巍地向我的座位趨近時，馬老闆恰好從水吧走出，捉着侯婆婆的手，引她到廚房前一個隱蔽的角落。我看見他悄悄將一疊鈔票塞給侯婆婆。

電視台繼續跟進報道她的事，除了補充一些有關詩雅的細節，還特意拍攝她住所內的環境，雜物清空，地方寬敞不少，展示義工上下齊心的成果。侯婆婆依舊凄涼地哭着，她感激電視台幫忙，但家裏如今沒有雜物，顯得空落落的，夜闌人靜時倍感孤獨。

我忽然想起今午在餐廳看到的事情，便說漏了嘴。

爸爸放下碗筷，露出一副不可思議的樣子：「不是吧？老馬的餐廳前陣子才差點清盤，全靠我們協助，才度過難關，現在他竟有閒錢接濟老太婆？」

我心頭一緊，都怪我口疏，連累馬老闆受罵。失業以來，爸爸的脾性跟以往不同了，他變得輕易動怒，稍微的刺激便足以燃起他的紅紅怒火。我不喜歡這樣的爸爸。

爸又向楊媽媽說：「我們前陣子暗示他加薪，老馬還拖着，說等餐廳重回軌道才打算，難道你的勞動不比她的眼淚值錢嗎？」

媽連忙止住他：「當着孩子面前，你別提這些好嗎？」

爸憤慨地說：「老馬這人為何變得這麼不公道？我明天要找他談談。」

楊媽媽氣壞了：「你在家閒着沒事幹嗎？你出面的話，我的臉要往哪兒放！這樣吧，我找個機會，向他探聽風聲，女人始終比較好說話。這樣你滿意吧。」

爸含糊地說了句「嗯」，餘下的晚飯，眉頭依然緊鎖，我知道他氣的不是馬老闆，而是他向來抱有成見，終日自怨自艾的侯婆婆。

—— · ——

侯婆婆的事沒有進展，大廈門外電視台車子的蹤影變得稀疏。街坊的盛意，那一張張女子的照片紛紛被她推開，殷勤的心逐漸冷卻。城市人是忙碌和善忘的，人們開始遺忘她的故事。直至數星期後的那個週末。

那天上午，我在家做作業，忽然聽到走廊外，由遠至近，傳來規律的咚咚、咚咚聲，似是一根棒子敲打地板的聲音，起初輕柔像水滴聲，後來變得像拍子機一樣清晰。我打開鐵閘尋找聲音源頭，見一個女人戴着墨鏡，用盲人杖不斷敲打前路，明顯是個瞎子。

她聽到拉鐵閘的聲音，愣在原地，不敢邁步。她直直地向着正前方說：「你好，請問是否有人？你知道侯十芳住在哪裏嗎？」

「她就住在前面，我帶你去吧。」我說。

我出門攙扶她，領她到走廊盡頭的那一戶，替她按門鈴。良久，門戶打開，侯婆婆一臉疑惑地應門。看到女子時，她呆在當下。

侯婆婆的聲音顫抖着：「你是詩……詩雅？」

我呆在原地，不能言語。原來詩雅是個瞎子？為何侯婆婆從沒有提過這一點？

女子抿着嘴唇，戴着烏黑的墨鏡，我沒法透過眼睛了解她的情緒。本以為她會喊一句「媽」，然後二人相擁，落入肥皂劇的大團圓結局，豈料她壓抑着情緒，冷冷地說：「我不叫詩雅，叫樂瞳。自從你拋棄我，我入住兒童宿舍後，他們就為我改名字。他們說我即使看不見東西，但仍能活得快樂，我喜歡這個名字。」

我萬分疑惑，為什麼她說侯婆婆拋棄她？

侯婆婆面容扭曲，像一塊被擠壓的海綿，淚水肆意淌出。我能區分，她電視上的淚容是刻意而為的活動，像扣喉。但眼前的淚，更似是本能的嘔吐，不能自已的身體反應。

侯婆婆頹唐地倚在門邊，乏力地哭，喃喃重複着女兒的名字：「詩雅啊，我的詩雅啊。」彷彿這樣就能喚回那個四歲的天真爛漫的女孩。

我不懂如何應對這一幕，幸好淒厲的哭聲喚醒了多個週末賴牀的靈魂，幾個街坊睡眼惺忪，紛紛出來走廊，安慰的、勸諭的、看熱鬧的，全聚在走廊的盡頭。

「你為什麼還要編故事？將責任推給爸爸？那年分明是你顧着做生意，嫌我是個盲妹，是個負累，說我沒出色。無論爸爸如何反對，你都堅決要把我送到兒童宿舍。」詩雅說得激動，渾身哆嗦着，手中扶杖觸碰地板，發出似有還無的咚咚聲。

「你盡過半點當母親的責任嗎？還要在電視前睜着眼說謊，丟人現眼！」她續說，墨鏡下滲出水痕，沿臉頰滑落。原來，瞎子也能哭，身體如何殘障，我們終究是有血肉的人。

侯婆婆虛弱地說：「詩雅，我對不起你，都是我的錯。我找電視台幫忙，只想找回你罷了。我等了你數十年，你回來跟媽媽住在一起，好嗎？」

「太遲了。」詩雅冷冷地說：「我已結婚，兩年前生了個兒子，他很健全，沒有遺傳我的失明。我和丈夫準備下月就移民英國。」

侯婆婆聽到有孫兒，忽然雙眼發亮：「是嗎？你帶孫仔來見我好嗎？我是她的外婆呢。」詩雅連忙攔住她：「不必了，我們很忙，家裏很多東西要收拾，你自己保重。」說罷就轉身，握着手杖朝升降機邁步。我扶着詩雅，怕她撞到牆壁，護送她離開。

身後是侯婆婆的叫聲：「詩雅，詩雅你別走呀！這些年來，我知錯了，一直想見你一面，你就原諒媽媽吧。」

詩雅沒有回頭，在侯婆婆和街坊看來，她的背影想必太絕情了。只有我清楚看到，她此刻緊咬着下唇，臉頰通紅，墨鏡下淌出的淚源源不絕。我知道，對詩雅來說，從走廊盡頭走到升降機大堂的這段路，實在太漫長了，漫長得像母女分離的數十年歲月，又或許，漫長如一輩子。

升降機裏，我將紙巾塞到她手裏，她說：「謝謝你，小朋友，你心腸真好，你叫什麼名字？」我說：「我叫蔣小舒。」詩雅擦了臉上的水痕，緩緩道：「小舒，拜託你們多照顧我媽。」

「好的。可是，為何你不多見她幾面呢？侯婆婆好像很寂寞。」說罷又暗自怪自己太多事。

詩雅一直沒有回話，踏出大廈，陽光照到她的臉龐時，她才緩緩地說：「反正我看不見她，多見一面也無補於事，有些事情，錯過了就錯過了，很難彌補。與其回頭看陰影，倒不如感受前面的陽光。小舒，你長大後就會明白。」她鬆開我的手，跟我道別，然後獨自朝地鐵站的方向走去。

縱使眼盲，詩雅的心卻像明鏡似的，比我們看得更透徹。

詩雅選擇了擁抱陽光，最後只剩侯婆婆一人，繼續活在龐大的陰影裏。母女二人，自此在光明與黑暗的界線中錯開了。

詩雅揭穿真相後，街坊覺得侯婆婆有誠信問題，爭相收回憐憫和施捨，她的家門外再沒有食物的蹤影。楊媽媽藉着此事，向馬老闆探聽口風，一問之下，才得知那筆錢不是饋贈，而是償還侯婆婆先前悄悄給他的借款。原來侯婆婆壓根兒不缺錢，她只是裝窮，博取傳媒的報道、街坊的同情，繼而口耳相傳，希望讓消息傳入詩雅耳中，引她現身。

原來侯婆婆並不是個老糊塗，猴子的聰明基因盤踞她的腦袋，她想方設法，兜售自己的可憐身世，讓人們消費她的悲劇，替她說好話。最終如願以償，詩雅現身了，侯婆婆卻得不償失。

——·——

「唉，有些窮人裝富貴，有些富人卻裝窮。何必弄得如此複雜呢？」爸爸倚在窗邊，抽着煙。「早知今日，又何必當初？現在我覺得侯婆婆是真的可憐了。」爸竟開始憐憫起她。

倒是楊媽媽沒有答話。她用力擦拭着碗碟，這幾天吃飯時，她再沒有多煮飯了。她自問是侯婆婆最忠實的聽眾，沒料自己竟被利用，許多事情都被蒙在鼓裏，難免為此氣結。

對待侯婆婆一事，爸爸和楊媽媽的態度，竟朝着相反的方向航行。人類果然是善忘和善變的。

侯婆婆的家門始終緊閉，她的行蹤變得像龍伯伯一樣飄忽，她的身影從天光墟和馬達餐廳漸漸淡出。偶爾碰面，街坊頂多礙於禮貌，跟她寒暄兩句，便對她的話過耳即忘。

我想，倘若侯婆婆也能變得善忘，那該多好。

十

康記的雞籠

晨光熹微，天還半昧之際，鬧鐘已將我喚醒。魂魄仍未齊全，但跟往日不同，我沒有賴牀，等楊媽媽揪着我起身。我自動自覺，迅速前去梳洗，今天是期待已久的旅行日，不用上課，每念及此，心裏便滿是喜悅。

我吹着口哨，輕鬆下樓，背包沒有課本的負擔，輕盈得不尋常。踏出大廈，侯婆婆照常攤開軟蓆，展開她的買賣，我跟她道了聲早，瞥見她的貨品裏，有盒殘舊的家家酒玩具，才猛然想起：我竟然忘了買食物！

糟了，昨天我和組員分工合作，他們千叮萬囑要我協助買豬扒、雞翼等食物，他們則負責搜羅燒烤叉、蜜糖與棉花糖，我傍晚補課回家，飯後只顧蹲在牀上玩手提電話，居然將這麼重要的任務拋諸腦後……

我瞄瞄手機，距離集合時間尚餘約二十分鐘，家附近又沒有超級市場，怎麼辦呢？

我像盲頭蒼蠅般，竄進了街市，打算向富姨求救。清晨的街市是死寂的，凍肉檔仍未開業，只有濕漉漉的地磚作為蟑螂的溫牀。燈光寥落，富姨地產店的大閘也牢牢關上，如何是好？

旁邊繼康叔的店卻開了燈，紅通通的燈罩是我僅存的盼望，但他的人呢？

外頭傳來卸貨的聲音，膠箋子摩擦貨車的鐵皮，漸漸喚醒沉睡的街市。距離集合時間只有十分鐘了，我捶胸頓地，這回恐怕沒面目見同學了。要麼我裝病缺席？但我不甘心，這可是翹首以盼的旅行日啊！正當我焦躁無助時，入口處忽然有個高大的身影走近，此人的輪廓熟悉不已，他手中捧着軟乎乎的大物，乍看像一張大棉被。

「咦，小舒？這麼早來街市找虎姐嗎？」繼康叔說，他的聲音粗豪，聲如洪鐘，敲醒了整個街市。

我急忙向他道出情況，說着說着，想到時間無多，急得幾乎哭了起來。

繼康叔連忙放下手中大物，我才看清楚，那是頭死豬的屍體，腹部被剖開，掏去了骨頭和內臟，剩下軟乎乎的皮囊，顯得鬆垮垮的，疲軟的軀體與碩大的豬頭不成比例。

他走進店裏，打開雪櫃，翻找片刻，竟像多啦A夢從百寶袋掏出法寶般，掏出了一包冰鮮豬扒和雞翼！我喜極而泣，打開錢包，卻發現只有寥落的零錢，不足以購買。

「繼康叔，但我不夠錢……或者，我讓爸爸之後還你，可以嗎？」我囁嚅道。渴望的東西只在一步之遙，我卻沒有能力兑換它，不禁再次暗罵自己粗心。

「我唔收小朋友錢，就當我送俾你同朋友仔啦。男子漢大丈夫，流血不流淚，唔好再喊啦，抹乾啲眼淚！旅行應該開開心心。」繼康叔說，邊用紅膠袋裝起兩包冰鮮食品，遞過來。

我接過豬扒和雞翼，連連道謝，邊凝視着他髮線後移的頭頂，彷彿看到有個光環閃閃發亮。繼康叔雖是粗人，除了偶爾有點莽撞，為人還是很體貼的。他說話總是堅定有力，充分體現男子漢的堅強和豪邁，男兒有淚不輕彈，眼前這個壯漢似乎不曾軟弱過。只要繼康叔在旁，只要他放下屠刀，旁人便能感到被保護的安心。

「你要食多啲肉，仌挑鬼命咁，日後點保護女孩子呢？哈哈！」繼康叔打趣道，一改他的凶悍與嚴肅，居然還笑起來，兩個酒窩像晚空的月牙。見我要離去，他的表情忽然冷卻，叮囑道：「注意安全，搭旅遊巴記得戴安全帶。知道嗎？」有點欲言又止的，邊捋起衣袖，扣上圍裙，磨起刀，準備屠宰的工夫。

「嗯，知道了。」我應道。我發現他壯碩的前臂滿佈抓痕，而且深淺不一，似是長年累月的痕跡。但我不敢，也沒時間過問，道謝後匆匆跑去會合。

袋子透出冰鮮的涼氣，我的心頭卻溫暖得很。

——·——

多虧繼康叔慷慨相助，旅行日有驚無險，終於在歡聲笑語中結束。

晚飯時，父母得知我今早的遭遇，楊媽媽責備我粗心大意，又說：「你別看繼康是個莽漢，我說他心腸挺好的。」

「可是你不久前才告誡我，不要接近他和阿九。」我嘲笑媽說。

楊媽媽瞪我一眼，辯解道：「繼康和阿九不同。繼康儘管衝動暴躁，但畢竟有分寸。阿九可不同了，他是個瘋子，無性的，你和志聰少跟他接觸才好，不然哪天他受了刺激，會握起刀亂斬你們……」

爸爸咳了咳，示意媽別再說。

我想起當年坐在阿濤叔叔的小巴上，阿九渾身哆嗦的一幕。我相信阿九是善良的，他不會傷害任何人。

談到繼康叔的肉檔，腦海浮現今早的冰櫃，便問爸媽：「原來除了豬肉，他的舖頭也賣冰鮮雞嗎？」

一問之下，才知道楊媽媽一直烹調的豉油雞翼，都從繼康叔的檔子買來的。爸爸說：「你還不知道，他以前不是砍豬肉的，賣的是活雞，那些雞比現在冰封的鮮甜多了！不過你那時還小，大概沒見過街市有活雞吧。」

其實我對街市的活雞有印象，記憶搜索到一個個並排的鐵籠，像囚牢般困住雞羣。牠們在籠裏擁擠地生活，常常轉過頭，用喙搔癢，又從鐵枝探出頭來，地上有幾根飄落的羽毛。懵懂的雞羣，全然不知自己已被判了死刑。

繼康叔曾是街市唯一的雞販，盡享獨市生意的厚遇。儘管如此，他賣的雞價錢還是很公道的。爸談起往昔，雙眼便閃閃發光，他要爭取這個教育的機會，藉此顯示他的博學多聞：「那時街坊都聚在繼康的店前，爭相選雞，他們逐隻雞捉起來，攥住翅膀，將雞倒豎，吹牠的屁股。你知道有何用意嗎？」

爸適當設問，像個說書人。我如他所願，配合地搖了搖頭，他揭曉說：「如果雞未生過蛋，肉質一般比較鮮嫩肥美。」

那時的繼康叔，生意興旺不在話下，加上他身材魁梧孔武，惹來不少狂蜂浪蝶，五湖四海的婦人操着不純正的廣東話，蜂擁而至，大老遠已經叫着：「雞胸！雞胸！」以為她們要買雞胸肉，原來她們喚的是「繼康！繼康！」。

繼康叔很快被戲謔為「雞胸叔」，他賣雞，生肖也屬雞，街坊認為這個諢名再適合不過。那時繼康叔脾氣好，哈哈笑着，不介意街坊這樣叫他。街坊再挑剔的要求，他都有求必應。他常說：「我屬雞，卻終日殺雞，情理上不太合適。但街坊來揀雞，都是為了還神或家裏有喜慶事。雞要被宰是無可厚非的，但我會確保牠們不會白白斷送性命，要死得有價值。」

但繼康叔畢竟只是個肉販子，他沒法操控社會環境，更與你和我一樣，無法預料生命裏突然加插的諸多不幸。

風光的日子有如曇花，眨眼消逝，不久本港驗出首宗禽流感個案，那是一種由家禽傳播人類的病毒，全城市民人心惶惶。他們對吃雞一事產生了疑慮。

禍不單行。那段日子，阿九恰好受到車禍的刺激，患上精神病。繼康嬸終日去打牌，不理家事，只餘下繼康叔一人，用寬大的肩膀承擔起一個家。

禽流感爆發後，繼康叔生意大減，加上阿九出了狀況，更是雪上加霜。他本來打算韜光養晦，養肥雞隻，讓牠們健健康康，待疫症緩和後，便能賣個好價錢。豈料事與願違，因為政府勒令殲滅全港活雞，並停止內地進口雞隻。

那段坎坷的歲月，富姨親眼目睹繼康叔流下男兒淚。

——・——

漁護署職員來到街市，他們穿着密不透風的衞生衣，來到繼康叔的肉檔前，奉命帶走店內所有家禽。繼康叔嚇傻了，他眼睜睜看着那羣蒙面的人，將他每一隻悉心照料的雞塞進如黑洞般的大碼垃圾袋。雞不斷拍翼掙扎，可惜這種生物儘管擁有翅膀，卻注定不會飛翔，一雙乏力的翅膀，最大貢獻只是為了滿足人類的口腹之欲。可是如今，牠們的性命連同一切器官將白白運送到堆填區，埋葬塵土裏。

繼康叔心裏絞着痛，這不是暴殄天物嗎？

雞隻倉皇地喔喔叫，偶爾一兩隻逃跑了，繼康叔多盼牠能逃脱，卻始終避不開漁護署職員的法眼。他們將活雞一隻一隻，粗暴地丟進垃圾袋，再注入化學氣體，綁上牢固的死結。袋裏掙扎之物便漸漸失去生命氣息，靜止如一包尋常的廢物。

繼康叔愣住了，他腦海裏全是空洞的籠子、阿九的叫囂、精神科住院的賬單、妻子在麻雀桌前糊不了牌時的咒罵聲，他忽然喝止着：「放手！放開我啲雞！你哋夠膽再搞我啲雞，我同你死過！」

說罷便撲上前，與他們拉扯，又試圖用刀斬開膠袋，挽救雞隻。富姨說，那時場面很混亂，街市外剛好有兩個警察巡邏，他們年輕瘦削，個子不高，卻輕易將高大的繼康叔制服於地。

富姨說：「我看着繼康的樣子，心都酸了，堂堂大男人，變得手無搏雞之力。繼康根本無意襲擊任何人，他只是悲傷、絕望，卻無計可施。」

繼康叔被警察圍繞，行動受到監控，他跌坐在店舖的地磚上，沒有說話。漁護署人員提着幾個大膠袋，滿載而歸，店裏空落落的只剩下繼康叔和鐵籠，乍看下，他彷彿是一頭被囚禁的雞隻，等待命運的刀鋒將他宰割。

他忽然埋頭抽泣起來，哭聲不大，卻撕心裂肺。街坊們都嚇怕了，不敢相信頑強的漢子也會哭，全都噤聲，只懂旁觀，沒有人敢上前安慰他。只有富姨從地產店走出來，替他說好話，警察有了下台階，隨意警告他兩句，也離開了。

以為事件就此平息，阿九此時剛好來街市找爸爸，他的出現有如火上加油。

阿九尖叫道：「哇！點解無曬啲雞呀！小蓮呢？小蓮去咗邊度呀？」然後像

狗一般彎着腰，四處嗅着，遍尋不獲，便踏入店裏，開始搖動繼康叔的肩頭，尖聲道：「你殺咗小蓮！你係殺人兇手！你還返小蓮俾我呀！你還返小蓮俾我呀！」他抓住父親的前臂，猛力地搖。

繼康叔一記耳光打在阿九的臉上，阿九撫着臉頰，像嬰兒般哇哇哭了起來。「咁邊個還返個仔俾我呀！」繼康叔吼道：「你醒吓啦！懵仔！」早已淚流滿面。

父子二人哭得不能言語。而他們家的女人恐怕仍在誰家的賭桌前説着髒話。也難怪繼康叔變得那麼暴躁。

阿九沒有「醒」過來。

——————・——————

禽流感浪潮過後，政府短暫恢復活雞買賣，但由於內地進口的雞仍受監管，雞販只能購買昂貴的本地雞，導致活雞價格急升。

不少沒良心的雞販趁火打劫，利用中國人過節要買雞吃雞的傳統，索取天價，謀取暴利。繼康叔秉持良心企業的精神，寧願多走遠路，找相熟的養雞場入貨，購入相對便宜的雞，降低成本，才不致加價太多。

那天是中秋節，區內的街坊要做節，大清早已經為晚飯張羅，街市人聲鼎沸，擁擠不堪。繼康叔上午從養雞場回來，便聽到有回程的街坊，在議論他的店：「那間康記真不行，像吸血鬼似的，要不是過節，我打死也不幫襯。」

繼康叔聞言，覺得不妥，匆匆跑回檔口，見繼康嬸站在店內，與街坊爭論着價錢。

「兩百八十蚊一隻雞好平啦，我哋來貨價都要兩百六十，連埋車錢，已經蝕俾你。」繼康嬸嗓門很大，理直氣壯的樣子，説謊話也不眨眼。

「有無搞錯呀？你估你賣金雞咩？」街坊説，旁人紛紛和應。大家都知道繼康嬸在説謊，豈有販子做虧本生意呢？何況價錢還升得那麼高，沒賺才怪。

可是，散去的街坊只屬少數，大部分仍駐守肉檔前，蠢蠢欲動。過節團聚的歡悦與錢包的痛楚正在角力。一些街坊不耐煩，見費盡唇舌討價也沒用，眼下又僧多粥少，唯有掏出錢包裏幾張紅鈔。

繼康嬸眼看騙局得逞，心裏美滋滋的，連忙煽風點火一番：「係咯，應該學似呢位叔叔咁豪爽。手快有，手慢無哦！」

繼康叔站在不遠處，目睹整個過程，他怒不可遏，一個箭步跑上去，奪過街坊遞出的鈔票，塞回對方的口袋。繼康嬸感到不可思議，叫道：「喂，你傻了嗎？賺到手裏的錢你竟然推回去？」

繼康叔瞪了她一眼：「你給我閉嘴！我不過離開一個早上，你就擅自將價錢抬高一百？」

繼康嬸展現她的潑辣本色：「難道有錢也不賺嗎？今天可是中秋節！」

繼康叔：「這些不義之財，賺了我也背脊骨落。」

繼康嬸叉着腰，怒火無從宣泄：「我懶得理你，兩父子都是瘋子！無藥可救。」

「你再說一次！」

「我說你們兩父子都是瘋子！」

繼康叔執起刀，恐嚇着她，街坊連忙上前好言相勸。繼康嬸伺機溜出店，興許又去趕赴另一場雀局。

那天，街坊最終以一百八十元購買一隻雞。但後來活雞進貨的渠道被堵得厲害，繼康叔顧及生計，只好忍心不賣雞了，改賣豬肉。也是那天人們才知道，原來繼康嬸不是阿九的親母，難怪她對阿九那麼涼薄。

聽到這裏，我忍不住摟住楊媽媽，說：「媽媽你真好。」

媽有點錯愕，笑了笑，忙問我：「為何忽然這樣說？」

「雖然沒有血緣關係，但你對我呵護備至。阿九就可憐多了，繼康嬸這樣對他。」

楊媽媽沒有說話，只一直輕撫我的頭髮。

——·——

旅行日幾天後，我想答謝繼康叔，又想不到用什麼方式，於是寫了張心意卡，卡上除了兩句感謝的文字，還畫了繼康叔穿戴圍裙的模樣，手裏攥住一隻展翅掙扎，但逃不出掌心的雞。

我來到康記肉檔前，繼康叔的虎背熊腰正背着我，旁邊有客人等候他。繼康叔手起刀落，刀法熟練明快，頃刻將大塊豬肉切割成碎塊，抛上磅秤着。他每次都說「收順啲」，少收街坊幾塊錢，街坊都稱讚說：「雞胸你真好，要是你老婆來管舖，我就不來了。」

「你別管她！」繼康叔接過錢，扔進那個用繩懸在半空的紅桶子。客人離開，他將砧板上剩餘的肉塊掛上鐵鈎，又用刀鋒掃去殘留的肉末，我才開腔跟他打招呼：「繼康叔！」

他回頭，看見是我，慈和地笑着：「咦，小舒？點呀？旅行玩得開唔開心？」兩個酒窩又不偏不倚地浮現雙頰。

我跟他寒暄幾句，再送上卡，他有點不好意思的，連忙用手不斷揩着胸前的圍裙，彷彿怕玷污我的心意似的。可是圍裙已經滿佈斑駁的血跡，日子久了，變成洗不去的褐色。

「哇，畫得好靚喎，第日可以做畫家！多謝呀！」他凝神一看，又說：「你點知道我以前賣過雞？」

「是爸媽和富姨告訴我的。」我回答，又瞥見繼康叔的前臂，滿是抓痕，便關心他說：「你的手……沒事吧？」

他看看自己的手，頓了頓，像掩飾什麼似的，忙說：「喔，以前賣雞嘛，雞爪經常會刮傷手，我都慣了。」

可是，那些傷痕仍是紅色的，不似那麼久遠的事。但我沒有再追問。

繼康叔很珍惜我的畫作，往後我經過他的肉檔，也會看見商業登記證旁邊，鑲嵌着我的畫，掛在店舖牆上。大概他一輩子也未曾收過這樣溫柔的禮物吧。

我想，「仗義每多屠狗輩」，此話讚揚的，正是繼康叔這種真漢子。

十一　遊樂場

以前街坊常說，侯婆婆是最可憐的人，但自從詩雅現身後，他們漸漸改變了想法，認為最可憐的人非阿九莫屬。

至少，侯婆婆的慘況是咎由自取，怪不得人，但阿九的可憐卻是身不由己的。有時我會思考，精神病到底是怎樣一回事。得此病的人，是否會從此失去自控的意識，對自身與他人的距離、社會上約定俗成的規條感到模糊，從而回歸原始的嬰兒狀態，不避諱旁人的目光，在街上放腔高歌、喃喃自語？

年紀稍大的街坊，每逢聽到下午五時十五分，阿九環繞社區四處喊「救命啊！撞車啦！」的時候，總會搖頭歎息：「九仔細個嗰陣時好乖，無諗到條命咁苦。佢癲嗰陣，先得廿幾歲咋，咁就無咗，真係陰功！」說得阿九好像已經往生，即使生存，也再沒法追求人生價值。

但阿九與侯婆婆壓根兒不同，他樂天知命，不需要別人施捨。阿九從不自覺命苦，我甚至覺得，他比社區裏任何一位正常人過得愉快。

——·——

阿九身材偏瘦，兩頰微微凹陷，身上總揹着個斜肩小包，讓單薄的肩頭承托。阿九無時無刻都帶着一抹笑容。不認識他的人，總是由嘴角的弧線察覺他的異樣。他笑得比所有人都燦爛和放任，不像我們拘束地笑，而是咧開嘴巴，露齒而笑。這樣的笑容倘若掛在小孩子臉上，則正常不過，可是，阿九的年齡騙不了人。四十歲的男人外出還這樣笑，難免讓路人退避三舍。

況且，香港人很少無緣無故地笑，他們習慣低頭、急促前行，繁重的工作讓他們即使沒有面對特別大的困難，仍會眉頭緊皺、扯下嘴角。阿九的開朗、樂天是不合時宜的，形同一縷陽光強行注入漆黑的洞穴一樣，教人感到不適。

阿九與我們一樣，讀普通學校，接受過正常教育，誰料他大學畢業以後，因為一場車禍，終身受困於精神頑疾。那場車禍發生於我出生前後，也即是說，我從來只見過阿九現在的模樣，對於他身為「正常人」的往昔，我只能依賴他人的口耳相傳，才勉強拼湊出原貌。

我問阿九：「你為何無時無刻都掛着這個小背包呢？」

阿九傻癡癡地笑：「因為我喜歡小蓮呀！而且，搭車一定要戴安全帶！」

我追問：「小蓮是誰呀？」

阿九的臉色忽然變得有點難看，他的五官緊縮成一團，手肘不自覺抬到半空，五指像鋼琴師一樣，無意識地活動着。稍稍放鬆後，他才應我：「我很愛小蓮的，我真的很愛小蓮的！」

阿九的語氣有點激動，臉一息間像玫瑰般艷紅，他緊緊捏着我的手，我感受到他的手掌滿是汗濕，他好像很着緊，害得我也緊張起來。

「是的，我明白你喜歡她。阿九，你先鬆手好嗎？這樣我不舒服……小蓮現在在哪裏呢？」我一邊掙脫他熱乎乎的手。

「小蓮在飛呀！」偶然他會回答：「小蓮在水池游泳呀！」更可怕的答案是：「小蓮被爸爸斬了，爸爸殺死了很多小蓮。爸爸殺死小蓮後，還很凶地打了我一巴掌。」說着，阿九撫着他的臉龐，一副委屈的樣子。

我想起繼康叔砍雞砍豬的畫面，便知道阿九能夠將任何人或動物錯認為小蓮。

不管他的答案是什麼，答非所問的情況持續發生在我和阿九的對話之中。既然找不到真相，我決定向爸媽打聽。楊媽媽不喜歡我和阿九往來，所以我悄悄問了爸爸。

爸放下報章，歎口氣說：「都是紅顏禍水呀！」

我大惑不解。我大概能猜測小蓮是紅顏，但哪來的禍水呢？

爸斟了杯暖水，緩緩地說：「阿九本來大好前途，中大畢業生，有科學頭腦，好像還打算唸碩士。偏偏在大學認識了一個叫阿蓮的女孩，那女子貪圖阿九老實，阿九也願意做她的觀音兵。那個阿蓮很野，書不認真讀，成天想着要阿九陪她去旅行、逛街購物，結果就玩出禍了。」

爸最近大抵看了太多武俠小說，又開始故弄玄虛了，他忽然停止敍述，逼使我追問一句：「發生什麼事了？」他才微微一笑，換個坐姿，心滿意足地說下去：

「繼康見過阿蓮，看她穿着時髦的短裙，染了金髮，認為這個女子不穩妥，倘若日後當媳婦，恐怕連鑊鏟都不碰。可是阿九已經對阿蓮着迷了，不能自拔。他為此與繼康鬧得很僵，為了這個相好，逕自搬往大學宿舍住，無非想遠離父親、親近阿蓮罷了，繼康要管也管不了。」

聽到此處，我彷彿聽見樓上繼康一家的吵架聲——繼康叔的呼喝、阿九的叫囂、繼康嬸不甘示弱的指控。原來，在阿九患上精神病前，他們父子已經水火不容。街坊常說，繼康屬雞，阿九屬狗，兩父子湊到一塊兒，總是「雞犬不寧」。

爸續說：「阿九瞞着繼康，偷偷和阿蓮去畢業旅行。想不到旅行順利，以為能瞞天過海，卻在回程途上遇上車禍。他們從機場截了輛的士回大學，日落時分教人疲累，阿九和阿蓮都在車上小寐，沒想到打盹的還有司機。司機一不留神，車子便重重撞上一輛大貨車，在公路上打了幾個筋斗，車內三人和隨身的行李像洗衣機內的衣物，不斷旋轉。阿蓮沒有戴安全帶，經這樣一折騰，即時喪命。司機和阿九比較幸運，他們配戴了安全帶，但也重傷昏迷。阿九在醫院昏迷了近一週，醒來後，繼康叔正要責罵他瞞着自己跟阿蓮去旅行，卻見阿九眼神空洞，不斷呼喊小蓮的名字，哭得聲嘶力竭，傷心欲絕時，忽然破涕而笑，而且笑得很滑稽，很荒謬。醫護人員便知道，物理撞擊和龐大的心理衝擊，使阿儿的精神出了問題。」

車禍發生的時間，是傍晚五時十五分。難怪阿九對這個時間耿耿於懷。

我想起旅行日當天早上，離開肉檔前，繼康叔囑咐我注意安全，特別提醒我要繫上安全帶。原來是這個原因。安全帶能固定阿九的軀體，保住他的性命，卻守不住他的感情和理智。

我想，阿九對小蓮的感情，是真摯的。

於是阿九的身上永遠掛着小包，斜斜的肩帶環繞他的身體，像安全帶一樣給予他心靈慰藉。

裏面的物件則顯得不重要，因為袋子永遠是扁扁的。兩天前，我跟阿九在公園碰面，便忍不住問他：「你袋子裏都裝着些什麼？」

阿九興致勃勃地拉開鏈子，掏出裏面的物品：「有魚糧啦！貼紙啦！還有一張白色的卡。這些都是我的收藏品，你不能拿走呀！」

我安慰他道：「放心，我不會拿走你的，我可以看看那張白色卡嗎？」

阿九認真思考了一會兒，然後很用力地點頭，遞給我：「借給你，但不能弄丟！」

我承諾他，接過他的卡紙，沒想到那是張精神科醫生的名片，小小的卡紙印滿了銜頭。名片的印刷頗精美，陽光照射時，能看到彩色的鐳射光芒。

由於病況不算嚴重，阿九只需定期往公立醫院覆診，某些日子去工場報到，為什麼他能索取私家診所的醫生名片呢？於是我問他：「阿九，這張卡怎樣得來的？」

阿九說：「昨天姨姨帶我去看醫生，醫生還請我吃糖，薄荷味的，中間有個小圈圈，很好吃。你看，糖紙還在這裏。」然後從袋中翻找綠色的包裝紙給我看。

我知道阿九將繼康嬸喚作姨姨，但她向來討厭阿九，對他的事情不聞不問，為何忽然那麼熱心，帶他到私家診所看精神科？

我認為情況有點奇怪，便追問他：「姨姨和醫生有怎樣說嗎？」

阿九忽然扁着嘴，一言不發，似乎想起什麼不愉快的事情。不管我如何哄他，阿九依舊守口如瓶。我再追問兩句，他忽然掩着耳朵，猛力搖頭說：「我不知道！我不知道！我不想去遊樂場，我要去工場，我要在家裏陪小蓮！」

「遊樂場？是哪個遊樂場呢？」我惘然。

阿九有點泄氣地說：「姨姨和醫生都說，我要去遊樂場，遊樂場才適合我。」他的眼神被掏空了一樣。他忽然又握着我的手，懇求道：「我不想去遊樂場，小舒，你幫幫我，我不要去那裏，我是成年人了。」

我們四目交投，我看清楚阿九的臉龐，額頭隱現的紋理，還有頭上幾根白髮，才忽然想起，眼前目光迷離，言行像個幼童的阿九，其實是個將近不惑之年的人了。他是成年人，他應有選擇的權利。

但遊樂場並非什麼可怕之地，我唯唯諾諾地應承阿九，敷衍過去，便遵照楊媽媽的囑咐，沒有太認真看待他的說話。

——·——

接下來數週是考試期，我和志聰相約在阿佘的家，整天忙着溫習，壓根兒沒時間在社區附近遊蕩，更沒有心思跟進阿九的情況。直至那天晚上，樓上又傳出吵耳的爭執聲。

「你知道嗎？我好好的在家裏睡午覺，他忽然站在我的牀前，用索帶勒住我的脖子。你說，這不是企圖謀殺嗎？」繼康嬸潑辣的聲線傳進耳朵。

「我……我幫你戴安全帶，怕你有危險。」阿九委屈地說。

「你真是個瘋子，傻得透徹，我好端端被你勒死，這不是比你個阿蓮死得更冤枉嗎？」繼康嬸的聲音愈來愈高昂。

「夠了！」繼康叔咆哮，「我叫你別提當年的事，你怎麼偏要提起！你還自把自為，帶他去看精神科，排期入精神病院？你問過我嗎？你怎樣當媽的！」

「你聽清楚，我沒有承認過這個傻仔是我兒子，他這個模樣，出街也丟我顏面！」

然後聽到清脆的一聲「啪！」

「葉繼康，你打我？你居然為了這個傻仔打我？」繼康嬸叫着，聲音有點走調。

「我不准你再叫他傻仔！你叫一次，我打你一次！」

「你們不要吵啦，我去遊樂場啦，我去遊樂場啦。」阿九說，又哇哇地哭起來。

繼康叔喝一句：「你給我去取消！」樓上忽然沉寂下來，我竊聽不了更多。

但一切已經太遲了。

據聞繼康嬸取得了私家醫生的證明，證實阿九精神狀況不穩定，有傷害人的意圖，以母親的名義遞交了意向書，然後向院方提交申請。繼康嬸得償所願，院方頒下強制住院令，阿九必須遵照安排，入住精神病院觀察一段日子。這段期間，阿九不得回家，不得離開院舍，生活作息每個步驟都受到嚴密的監控。

原來，遊樂場並不是一個歡樂之地。

我懊惱自己警覺性太低，倘若那天，我發現名片後，能即時告訴繼康叔，至少向父母透露事情，或許便會來得及堵截精神病院的申請，阿九便不用入住精神病院了。我對不起阿九。一氣之下，我將考試需要用的筆記統統掃到地上，伏在書桌，煩悶不已。

—— · ——

考試過後，一天下午阿濤叔叔休更，早了回家，提議跟我下棋。棋局緊湊之際，樓上忽然傳出阿九的呼叫聲：「救命呀！救命呀！」我們不以為意，畢竟多年來都聽慣他的呼喊。瞄瞄時鐘，我才感到不妙，現在只是下午四時，阿九該不會出動啊。隨即又聽到他喊：「我不要去遊樂場！」

我大概猜到發生什麼事了，向阿濤叔叔簡單交代了始末，便要出門。爸爸喝止我：「小孩子別多事！不准去！」我焦急不已，我很可能是第一個得知此事的人，此刻卻只能坐以待斃，眼睜睜看着阿九受苦，卻束手無策。我恨死自己了，心頭的自責和憤怒一下子湧出：「你別管我！我要看阿九！」便奪門而出，阿濤叔叔見狀，就跟隨我上樓，也好讓爸爸放心。

我和阿濤叔叔抵達樓上，便見繼康叔的家門開着，兩個身穿白色制服的人抓住阿九的雙臂。阿九情緒有點失控，他竭盡全力掙扎，大叫道：「我不要去！我不要去！」猛力甩開職員的手，像孩子一樣，滾到地上撒嬌。

繼康嬸不斷哄着：「你去遊樂場吧，那裏有很多好玩的東西！又有人照顧你。」

但阿九的聲線足以覆蓋她的聲音：「我不要人照顧！我要在家，我要爸爸，我要小蓮！」

是的，阿九從不需要人家照顧。他是個徹頭徹尾的成年人，只是比我們稍稍不同罷了。

繼康叔站在門外，抿着嘴唇，一語不發。職員一籌莫展，準備從箱子掏出針筒，繼康叔見狀，馬上喝止：「不要！」他蹲下身，用熟練的手勢，緊緊摟着阿九。這不是溫柔的擁抱，而是用於鎮靜他，像握着一匹布撲滅紅紅烈火。阿九跌入繼康叔的懷裏，渾身哆嗦，雙手緊抓住他爸的前臂，不斷地刮，不斷地刮，直至情緒漸漸平穩，便像個漏氣的氣球，癱軟在地上。

我清楚看到繼康叔前臂上的血痕，原來那不是他聲稱的，雞抓出來的痕跡，而是長年累月，為安撫兒子烙下的印記。

「仔呀！你這次就聽話，去那裏一趟吧。很快就能回來了。」繼康叔對阿九說，他的聲音很壓抑。大抵他知道，事到如今，已沒有退路。

阿九平躺地上，絕望地瞪着天花板，默不作聲，像個木偶。

阿濤叔叔忽然急步上前，跑到阿九身邊，蹲下來說：「阿九，你乖，聽話啦。你去遊樂場玩一段日子，我應承你，你回來以後，我帶你和小舒，再去金魚街買魚糧給小蓮，好嗎？這次我一定慢慢駕車，並提醒所有人要繫上安全帶！」

阿九聽後有了反應，他側過頭，對阿濤說：「真的嗎，濤濤？」

「當然是真的。阿九，我知道你很懂事，你還記得當年嗎？你知道我回來後，主動來馬達餐廳找我，跟我道歉，說連累了我。阿九，你沒有連累我，那次駕車太急，讓你發病，是我錯。但你不但沒有怪我，還瞞着你爸，偷偷來鼓勵我。那一刻，我覺得很慚愧！我做錯事情，只會逃避，你卻懂得勇敢面對。你很善良，所以你要聽話，好好配合哥哥姐姐的吩咐，不要讓他們以為你是壞孩子，給你打針。打針的痛楚，沒有人比我更清楚……」

阿濤叔叔說着，忽然哽咽起來，泣不成聲，語調像是向阿九和繼康叔懺悔。但我不確定，阿九是否能聽懂這番話。

阿九看見阿濤叔叔落淚，便承諾他說：「好的，濤濤，我也不能逃避。我要去遊樂場了，回來後再跟你和小舒買魚糧。小舒，我離開的這段日子，你可以幫我餵小蓮嗎？」

我連忙應道：「好的，阿九，你放心吧！」儘管我並不明白他的意思。院方的車子、職員的制服都是純白色的，我認為這顏色很適合阿九。他單純、善良和忠誠，他對世界美善的信念，儼如小狗對主人般不離不棄，人間的醜惡和複雜不會沾染他。

車子後門合上，隔着後窗和鐵枝，我隱約看見阿九向我們揮手道別。引擎啓動，車子徐徐駛遠，阿九的身影很快變得模糊。

「阿九，記得聽話呀！」阿濤叫道，但阿九已消失在我們的視野。

我的心頭堵得厲害，剎那間，淚水不自控地湧出。繼康叔沒說什麼，眼眶紅通通的，手臂的血痕依然明晰。他壓抑着情緒，回頭向繼康嬸說：「現在家裏清靜了，你高興了吧？」

繼康嬸擺出一副沒所謂的樣子，大搖大擺地離去。

繼康叔走了兩步，忽然想到什麼似的，回頭走來，低聲向阿濤說了聲：「唔該囉。」

句子短促，卻使阿濤叔叔放下多年的心頭大石。縱使當年那一刀錯誤揮到馬老闆的指頭上，但無形的利刃一直切割着阿濤的心，使他懷着罪疚過日子，多年來都不敢跟繼康叔碰面。

阿濤叔叔微笑，搭着繼康叔的肩膀，說：「你也別擔心太多，阿九沒事的，不過進去一段日子罷了。我今天休假，今晚相約老馬和我哥，一起喝點酒如何？」

繼康叔爽快地應道：「好！」愁眉終於舒展下來。

我拭去淚花，由衷替阿濤叔叔感到高興，我想，我們未必擁有阿九那顆寬容善良的心，但即使是凡人，也沒有怨恨是不能化解的。

這天的傍晚，五時十五分，社區非常寧靜。

我執了把魚糧，趁天色未黑，前往公園的魚池邊，撒下顆粒。身下鯉魚爭相搶食，儘管我不知道哪一尾是小蓮，我仍希望她和阿九都能飽足，並於下輩子相遇，再續未了的緣分。

十二

何處是吾家

推開地產店的門，殺氣逼人的關帝映入眼簾，轉頭一看，便見一室蒼白的燈光，照亮三兩張桌子，還有一張同樣蒼白的臉。有時我也弄不清，是否光線的影響，教我放眼望去時，總沒法清晰看到小朱的臉。他的臉像是被白霧籠罩，很少浮現神采。

可是，小朱分明很年輕，他戴一副規矩的黑框眼鏡，皮膚有點白。他寡言，鏡框後藏着與年齡不配的沉鬱，像個看破紅塵的小老頭，彷彿沒有事情能輕易牽動他的神經。

儘管我和小朱經常見面，但很抱歉，假如在繁華大街上與他擦肩而過，我沒有信心一眼能把他辨認出來。小朱實在太平凡，平凡得毫不起眼，他彷彿是水，能輕易融入不同液體，或被倒進形狀各異的器皿，缺乏自身的形狀。

——·——

小朱下班後，阿佘偶爾會追問他種種工作上的事情：

「怎樣？營業員考試報名了嗎？」她着緊地問。

小朱彎着身鬆綁鞋帶，似有似無地應：「嗯。」

數週以後，考試當日，小朱回家後仍未脱鞋，阿佘已經急不及待問道：「考得怎樣？有信心嗎？」

小朱看來很疲累，脱下外衣時說：「還好吧。」

又過兩週，阿佘終於盼到考評局寄來的信件，又不好擅自拆開男友的信，整天坐立不安。好不辛苦等待小朱傍晚回家，她連忙催促他拆開。小朱卻說口乾，徐徐進廚房斟了杯水，緩緩嚥下，才撕開信封，掏出成績單。他的神情依舊無悲無喜，我們沒法從他臉上得知結果。

阿佘緊張地問：「怎樣？行嗎？」

小朱將成績單對摺，重新套進信封，便入了房。阿佘尾隨，虛掩上房門，不想讓我和志聰聽見。

但我仍聽到他們的對話，小朱慢條斯理地說：「查冊的部分還差一點。」

阿佘很氣惱，落空的期盼轉瞬變成憤怒：「朱孝軒，你已經第二次肥佬了，還那麼淡定？你知道自己查冊一向不好，為何事前不多加操練呢？你到底有沒有汲取上次的教訓？」

我和志聰對視一眼，噤若寒蟬。

小朱徐徐應道：「我不喜歡考試。」

阿佘更激動了：「不喜歡？你有選擇權嗎？這是事業攸關的考試，你必須考牌，才能名正言順做個地產代理，薪金待遇也會很不同，可以去大型地產商發展，不必屈在這間街市小店做打雜，你明白嗎？」說最後兩句時，明顯壓低了聲量。

小朱有點厭煩：「你說什麼呢？人家小舒在外面，虎姐是他姨媽，聽到這話多不好。我不覺得現在有什麼問題，你卻只看錢。」

阿佘撇下一句：「你從來沒有為我們將來作打算。我懶得理你。」便大力拉開房門走出來，臉漲紅得發紫。我和志聰立刻將目光移走。

小朱單薄的身影對着牀，手裏仍握着信封，愣愣地站着。他的臉色依然蒼白，像幽靈似的，目光空洞地望着牀頭的牆，像個陷入濃霧，失去方向的迷途者。

小朱的房間一般掩上門，但我和志聰曾協助阿佘拍直播，有機會窺探內裏乾坤。房間頗大，雙人牀不偏不倚地放置在正中，牀單紅彤彤的，富傳統色彩，紅艷如新婚的牀，但並不光鮮，四角都有發黃的痕跡，中間位置被摩擦久了，顏色和布料均顯得淺薄。我想不到阿佘喜歡這種顏色。

阿佘忙解釋說：「我當然不喜歡，這顏色俗氣死了，像是給死人睡的。我提議換掉，他卻大發雷霆，說房子裏什麼都能換，唯獨牀單和那張照片不能碰，說是他媽媽生前的愛物，不能扔掉。我未見過他如此生氣，整張臉青筋盡現，只好順從他。」

我向牀前的照片看去，那是張婚紗照。新郎身穿黑色西服，濃眉大眼，很有英氣。新娘身穿白色長裙，婚紗的尾巴拖在地上如海浪。她臉龐尖小，溫文爾雅，纖纖玉手擱在新郎的肩頭。二人很相襯，說是金童玉女也不為過。阿佘說，他們是小朱的父母。

——·——

小朱的媽媽兩年前因癌症離世，那時我仍小，與小朱和阿佘的交往不如現在密切。我只記得，有天下課後，我在富榮地產讓富姨看管。甫走進店裏，便見她唯一的員工面容憔悴，雙目通紅。狹窄的店縈繞着他的抽泣聲。

富姨說：「你這樣不是辦法。這樣吧，我放你一天假，你回去好好休息，明天再上班。」

那時的小朱看上去很稚嫩，臉龐瘦削，像他的母親。他讀不上大學，只勉強浸了幾年副學士，剛畢業的他，沒有一技之長，沒有抱負和遠景，經熟人介紹，輾轉來到富榮地產做個小員工。我想，當地產代理或許從不是小朱的願望，但我不知道他的願望是什麼。他總是一副寵辱不驚的樣子。

小朱倔強地擦拭眼淚，回答說：「不用了，虎姐，我可以的。」

富姨皺了皺眉，歎了口氣，便在小朱面前，那張供顧客坐的旋轉椅坐下，放下老闆的身段，關切地問：「你真的不打算找你爸爸商量？」

小朱堅定地說：「我餓死也不找他。我和媽媽這些年，都過着自給自足的生活，他卻在上面逍遙快活，除了偶爾寄來點小錢，他對這個家毫無貢獻。我已習慣沒有爸爸的日子。」語氣出奇地決絕，使我沒法相信眼前的人是小朱。

富姨忙責備他：「你不能這樣説，他終歸是你爸。何況，你和你媽現在住的房子，也是他名下的物業。香港地，要擁有一個安居樂業的地方，多不容易，我們做地產的最清楚不過了。你應當感恩，至少有一片瓦遮頭。」

小朱沒有答話，眼神依然滿溢喪母的悲傷。

那天以後，我很少再從小朱的臉上窺看到情緒。

他與母親相依為命，本以為能照顧她終老，她卻撒手塵寰了。強烈的喪親之痛，在小朱的鏡片後愈藏愈深，漸漸化成對父親的怨恨，至於生活和事業的追求，就更興致缺缺了。

阿佘常調侃他說：「要是你能勤奮一點，那該多好。你雖然屬豬，也不必這麼懶散吧。」

小朱沉默，臉上淡淡的，世間上好像再沒有說話能刺激他。小朱不像豬，他不胖，每天照常上班工作，也不是日上三竿才起牀的懶惰鬼。他只是稍稍欠了點上進心，甘於安穩度日，甘於收取微薄的薪酬，甘於在生肖競賽中位居末席。

阿佘見沒有果效，也省得用激將法了，大概她必須接受，她的男友不會是個野心勃勃的人。二人生活開銷不大，小朱有安穩的工作，已經不俗，連同她自由工作賺來的錢，湊合着過日子，應該不成問題。

但問題會悄悄找上門。

——·——

那是個颱風天，天文台掛起八號風球，我和志聰不用上學，樂透了，連忙相約到阿佘和小朱家，四人玩桌上遊戲。我發現小朱整天心不在焉的，臉色比窗外鋪天蓋地的烏雲更黑，我隱約預料到一場真正的暴風雨即將降臨，教人措手不及。

阿佘與志聰沒有察覺到他的異樣，他們玩得很投入，為着一局遊戲的勝負，姊弟倆鬥得你死我活。我抽牌，思量部署的時候，忽然聽到風雨中夾雜門鎖扭動的聲音。我將指頭放在唇前，示意他們別作聲，持有家門鑰匙的小朱和阿佘都在場，還有誰能開啓這道門？難道是小偷用鐵枝撩動門鎖？

我們聽得毛骨悚然，差點要隨手拿起重物，準備迎戰。沒想到小朱毫不詫異，徐徐向阿佘說：「他終於捨得回來了。」

大門推開，一陣酒氣隨烈風闖入屋，掀起桌上的卡牌，紙片紛紛散落一地。一個醉醺醺的中年男人紅着臉，踉蹌跨過門檻，步履非常不穩，進一步，退兩步，明顯是喝醉了。他的濃眉大眼有點熟悉，使人不難勾勒出他年輕時的英偉相貌。男人抬頭，看見我們四人，眼神掠過一絲錯愕，然後拼盡全力，喊了一聲：

「滾！」

我和志聰扣着彼此的臂彎，不由得對眼前目露凶光的男人感到懼怕。小朱連忙上前，阻止他進屋，說：「你發什麼神經？他們都是我的客人，你不要丟人現眼。」

男人說：「你別忘了，這間屋子……是我的。他們……包括你在內，無權干涉我！你們……你們都給我滾！」他推開小朱，逕自步入家門。

小朱無法辯駁，抿着嘴巴，一臉憋屈。

我、志聰和阿佘面面相覷，我們都聽明白了，眼前的男人，正是小朱的父親。阿佘見勢色不對，携着我和志聰，迅速離開此地。她臨走前，不忘將手握成拳頭，只留出拇指和尾指，貼近臉頰，示意小朱電話聯絡。我經過老朱身邊，嗅到酒味摻雜汗水和雨，混成一種霉鬱的氣息。結婚照裏那個英氣的老朱，為何弄得如此潦倒？

我們關上鐵閘，承受走廊凜冽的風，裏頭隨即傳來物件掃落地的聲音。聲音持續了數十秒，直至小朱大聲嚷着：「你瘋了嗎？」

我們冷得直打哆嗦，但不敢貿貿然離開，怕小朱出事，卻只能駐守門外，愛莫能助。

老朱說：「我要把這層樓賣了。」他咬字比剛才清晰，鏗鏘有力，不像是在說醉話。

小朱說：「你說笑吧？你賣樓，那麼我住哪裏？你十多年沒有理會過我們，現在媽媽過身了，你回港後第一句話，就是說賣房子？你有顧及我的感受嗎？」

老朱說：「笑話！我把你養得這麼大，你對這家有何貢獻，你說說。你私自帶些不倫不類的人回來，未結婚，就跟一個女孩同居，你又有顧及我這個業主、這個父親的感受嗎？」

我們三人無辜被貼上不倫不類的標籤，心裏很不是味兒。阿佘很激動，正要衝進屋理論，卻被志聰拉住了手腕。裏頭畢竟是人家的家事，我們這些外人，只能佯裝聽不見，默默嚥下這口氣。

老朱說：「沒有家業，就自己出去闖吧，這棟房子難道不是我打拚回來的嗎？你有本事的話，大可以租房子、買房子，跟那個女的雙宿雙棲，我不管你。總之這房子我賣定了。」

小朱憤怒到極致，漸漸化成悲涼：「香港樓價有多貴，你知道嗎？這裏可不是大陸。」

老朱：「謀事在人。那要看你夠不夠努力，你看你，大學沙紙都沒有一張，畢業這麼多年，連正式的地產執照也未弄到手，都混成什麼樣子了。」

他說得出奇淡定和清醒，句子卻如狂風一樣，撼動小朱的心，吹開一切掩飾之物，使他的弱點表露無遺。屋內傳出小朱絕望的咆哮：

「賣吧！賣吧！反正這個家早就散了。」

小朱推開大門，奔跑而出，阿余立刻尾隨他。雨水濺濕了走廊，地面很濕滑，小朱一個不慎，便摔了一跤，跌坐在地上，涕淚縱橫。

我嚇傻了，我不曾見過小朱如此失控，他就像一個綿軟的枕頭，閒言閒語像拳頭般不斷向他施壓，搓圓壓扁，他也隨遇而安，淡然處之。我沒有想過，枕頭承受過久的擠壓，也有裂開的時候，破敗的棉花如淚水不斷溢出。

我們想扶起他，他掙脫了我們的手，雨點持續斜斜的刮過來，打着他蒼白的臉。阿佘強行將他拖到一旁，他們的半身早已濕透。

她勸道：「你別這樣，萬事好商量，他終歸是你爸，不會害你的。」風雨聲裏，阿佘的聲音很微弱。

小朱用哭腔回應：「商量？他有留給我商量的餘地嗎？」

阿佘說：「那時我跟父母鬧翻了，你也懂得勸我，退一步海闊天空。現在怎麼輪到你這麼固執呢？」

小朱：「我固執？現在是誰蠻不講理了？」

阿佘說：「我現在不要跟你吵。總之，你要跟世伯平心靜氣，好好商量，了解對方的難處。他現在喝醉了，說話不經大腦，不是商量的時候。」

阿佘的眸子泛起水光：「至少，你還有個爸爸。」

志聰默然站着，神色有點難看。我知道姊弟倆惦記起佘先生了。

——・——

這天以後，小朱得了一場重感冒，病得糊塗，好幾天沒有去富姨那裏上班。阿佘暫時搬回家，與志聰和佘太太同住。我和志聰再不能前往小朱的家做功課了。快樂的課後回憶、努力溫習並肩作戰的日子，還有歡樂的遊戲時光，全被封鎖在門後。

富姨得知這件事以後，便以探病為由，帶着我，去了他們家一趟。她想當個中間人，緩和父子的關係。沒想到老朱為着小朱的病，奔波了好幾天，到處尋醫問藥，又替兒子熬藥。

富姨進入房間，對牀上病懨懨的小朱說：「你爸其實很疼你。」

小朱躺在紅彤彤的牀單上，虛弱地說：「我好掛念我媽，要是她還在世，那該多好。」淚眼汪汪。

老朱酒氣消了，人清醒許多，也忘了自己當日說過的妄言。富姨與他閒聊，我們才知道，賣房子的決定是迫不得已的。他自個兒在內地打拚多年，上面做生意講究人脈與交際，他並不如小朱所說，逍遙自在，那都是些應酬場合，身不由己。

富姨說：「你要體諒你爸。」

小朱默不作聲，鏡片後是一雙紅腫的眼。

我逐漸明白，小朱這段日子的表現如此反常，並非因為他軟弱，只是他在乎，他在乎父母，在乎阿佘和我們。

老朱說：「都怪我蠢，輕易相信人，我的拍檔無義氣，關鍵時刻竟然起我尾注。我這趟損失可慘重了，才不得不回港，將資產變賣掉。我知道，這樣做對孝軒不公平，但我沒有退路啊。」

一個大男人，要在兒子面前承認錯誤，需要莫大的勇氣。若不是窮途末路，我相信他也不會出此下策。

不知為何，看着老朱悵惘的模樣，我想起了爸爸。他最近總是抽煙，抽得很頻密。讀完幾本武俠小說後，他逐漸失去閱讀的興致，對生活裏任何事物都好像提不起勁。我害怕爸爸有天像老朱，那麼潦倒，要靠變賣家業來兑換餘生的一點安穩。

良久，小朱喃喃地說：「真諷刺，我自己做地產，卻連容身之所也丟了。以我現在的經濟能力，大概連一格方磚也買不起吧。」

我想起地產店的落地窗，密麻麻的Ａ４紙貼滿樓盤資訊，還有堪比天價的數字。這座城市的人，日以繼夜地工作，並不為了享受，只為了爭取一尺隱私之地。看似卑微的願望，如今卻重重地壓在小朱的心頭。

富姨說：「所以你要更努力，執照必須拿到手。有了執照，薪金我可以微調，但事先聲明，一定不如大公司。我建議你考牌後，出去闖一闖。我這裏地方小，容不下你，我希望你能有一番大作為。倘若你要跟阿佘搬出來，可以先租個便宜的地方，我認識一些行家，他們應該有介紹。地方是小了點，但總比流落街頭要好。待日後經濟狀況改善了，再考慮買樓也不遲。」

富姨對待員工，一向像對我一樣，惡形惡相。此刻，看到富姨這麼替自己着想，小朱感觸地說：「謝謝虎姐。」

——·——

小朱父子湊合着住了一段日子，也相安無事，只是長年累月的隔閡，仍需要時間慢慢消融。他們都是成年人了，應當知道理性思考遠比偏激的言辭更能解決問題。

兩週後，經富姨介紹，小朱和阿佘找到了深水埗一個納米樓單位，業主要移民，急着放租，他們於是能以較低的價格入住。

我和志聰協助他們將紙箱搬上電召的小貨車，一箱接一箱，行李沉重，彷彿壓在我的心頭，難以挪動。這天以後，我還能經常見他們嗎？我們是否仍能像往常一樣，四人同行，外出吃飯和遊玩？想到這裏，心頭只覺酸澀。

最後一箱行李搬上車後，小朱對我們說：「小舒、志聰，房子雖然沒了，但課後仍要用功溫習，知道嗎？兩個人互相提點，總比自己一人要好，有句古話說：『獨學而無友，則……』」

阿佘插嘴：「『則孤陋而寡聞』呀。不懂裝懂！你們好好學習，別像他那樣，半瓶子醋。」

志聰說：「知道啦，未來姐夫！」

阿佘和小朱羞得臉紅。突然，小朱臉上浮現一絲詫異的神色，我轉頭去看，發現老朱正走過來。

老朱的語氣很平和：「注意安全，你要擔起責任，保護好女孩子，別像我那麼粗枝大葉。」話裏有點自責的味道。

小朱淡淡回應父親：「嗯。你也保重。」

阿佘見父子和好，高興地說：「放心吧，世伯，阿軒對我很好。我會督促他考個地產牌。」

老朱寬心地說：「這下子我就放心了，他就是沒有上進心，你要多敦促他。仔，你找到個好女友。」

阿佘和小朱相視而笑，老朱也難得展開笑顏，我現在才發現，他的雙目炯炯有神，英氣不減少年時。

在一片歡聲笑語中，我們道別了。

阿九走了，阿佘和小朱也遷離了社區。但我驚訝地發現，這次我沒有落淚，沒有挽留，並非沒有不捨，而是我終於在經歷種種事情以後，學會用成年人的方式面對離別和變遷。

是的，生活就是一個緣來緣去的歷程，而所謂成長，就是要變得獨立和堅強，不將情感依附任何人，但要珍惜相聚的緣分。離別時，要豁達地揮手，積極面對途上的一切聚與散。

而我相信，今天的分別，是為了明天的重逢。

十三

尾聲

以上種種事情，早在三年前發生了。

三年後的今天，我和志聰已升讀高中，我們選修的科目大相徑庭，同班多年，終於被編配到不同班別。我擅長文科，志聰偏愛理科，遇到難題時，我傾向抒發感受，志聰傾向理性分析。縱使如此，課後我們依然相約複習，切磋砥礪。我們偶爾會圍繞學術問題爭論起來，鬧得面紅耳熱，但翌日早上在校園碰面，依然融洽如昔。

我想，這大抵就是「和而不同」的意思。人無相同，其實我們每天都透過溝通、分歧與磨合，學習與不同個性的人相處。

龍爭虎鬥、雞犬不寧、蛇鼠一窩、兔死狗烹……生活中許多語帶貶義的動物成語，都牽扯到我們的屬相，那麼，背負這十二個文化符碼誕生的我們，難道注定要反目成仇？我們是否要展現獸性，互相廝殺，以掠奪資源？

答案顯然不是。人之異於禽獸，是人間有溫情，人類懂得明辨是非。

屬相，並不指涉迷信，它不是命運的判書，也不是來年運勢的揭示。它是吉祥的象徵，寄託了祖先對我們的希冀。它也是古代社會紀年的符號，以十二年作為一周期，循環往復，代代相傳。只要問及某人的屬相，我們大抵能估算他們的年齡。

我們每一個人，都以獨特的方式活着，情感的教育，使我們學會收斂、隱藏或徹底忘記原始的獸性。生命途中，阻擋我們前進的閘門或許不同，但最終，我們都能依靠情感這把柔軟的鑰匙，開啟閘門，踏上康莊大道。

就像這段成長路上，我遇到的每一位成年人。他們都經歷過挫折、捲入過紛爭、曾被誤解、流過了淚。流淚並非軟弱，而是因為人間有情。最終，我們都能夠以寬恕的心，對待我們和他人的生命。

那麼，我，蔣小舒，又經歷了什麼故事呢？

我的故事，其實就是他們的故事。

人類是羣體動物，人與人的關係何其複雜，千絲萬縷，無法割裂。我們的生命，其實是由其他人的生命共同建構出來的。沒有人能夠單純地、獨立地存活，我們的個性和身分，是藉由與他人的互動模塑而成的。

因此，我願意化身為鼠，一個洞穴裏的觀眾，窺看舞台上，他們上演的一幕幕悲歡離合。偶爾，強光刺眼，故事動人，我不禁淚流滿面。

曲終人散。三年過去了，我們都免不了改變。

——・——

發展商終究還是看上了我們的社區，相繼收購附近的食肆和街市，馬老闆承擔不起昂貴的租金，馬達餐廳真要結業了，他的心裏難免不捨。

阿濤叔叔提議道：「老馬，你的奶茶泡得那麼好，現在年輕人的市場很大，飲品店弄得成行成市，何不考慮開一間港式珍珠奶茶店？」

馬老闆聞言，覺得這提議確是好，飲品店不像茶餐廳，佔地面積小，不設堂食，租金自然便宜許多，也能節省很多開支。碰巧街市的轉角位，富姨店舖旁邊的五金店打算結業，馬老闆決定承租來做，從今以後，每天專注泡奶茶。

縱使餐廳保不住，但馬老闆能將先父泡製奶茶的技術發揚光大，也算是以嶄新的形式，延續父兄的遺願。

可是，店面狹窄，容不下其他人，加上飲料店的工作輕巧多了，不需要員工，迫不得已，馬老闆給了楊媽媽一筆可觀的遣散費，便結束了長達十多年的主僱關係。

富姨說：「妹，你過來幫我忙，我們兩姊妹拍住上，有底薪和花紅。必要時你也可以幫你的老僱主看看舖。你先做着，日後如果有興趣，也可以做股東。」

楊媽媽本來還愁着生計，聽到富姨的提議，二話不說就答應了，笑逐顏開。

富姨為楊媽媽訂造了一張舒適的辦公桌，在繼康叔和馬老闆的協助下，關帝和神枱被搬走了，騰出更多空間。「有阿妹幫手，我再不怕那些牛鬼蛇神了。」富姨咧嘴而笑，身上深紫色的緊身裙使她顯得很優雅，看來她愈來愈懂得打扮了。

數月後，「虎姐地產」再次易名為「楊氏地產」。

前姨丈阿榮再沒有出現了。

街市翻新後，地磚不再濕淋淋，如今室內都安裝了空調設備。繼康叔說：「以後斬豬肉唔使斬到滿頭大汗了！」他的店面明亮了不少，顯得潔淨和光亮，紅燈罩依舊，但發出的光芒多了幾分柔和，少了幾分詭異。經過阿九一事，他終究看清了繼康嬸的為人，她自私、欠缺同理心，也不懂愛屋及烏，在伴侶和兒子之間，繼康叔最終選擇了後者。

二人離婚後，街坊們的耳根子樂得清靜，鄰舍間再沒有人無風起浪。

唯獨阿九的情況，始終是繼康叔心頭的一顆疙瘩。

老朱將房子變賣後，一直在尋找合適的住處。經過幾番輾轉，他居然住進了舊址上層一個空置的單位，那正是我們的隔壁、龍伯伯的舊居！由於龍伯伯在家中斃命，單位被列為凶宅，價格較其他單位要便宜，老朱不怕鬼神，只求一席安身之地，便遷進去了。

我想，就算龍伯伯的鬼魂仍在，他也會對新的住客視而不見。

老朱沒有遇上什麼怪事，倒是爸爸經常消失了。

後來我在鄰家發現了他，見他與老朱秉着酒杯談心，聊得很投契，原來二人早就交了朋友，成了知己。同病相憐，兩個被社會遺忘的中年男人，難得尋覓到知音。起初他們只是一起喝酒、酒後互相吐露真言，過了些頹唐的日子。後來二人漸漸厭倦了賦閒的生活，開始留意起政府推出的再培訓課程，二人一同報讀、上課，並考取了保安員執照，然後穿梭於不同住宅值更，展開他們的第二生命。

二人試穿藍色保安服時，個子不高、相貌不出眾的爸爸明顯被英偉的老朱比下去，加上他挺出個啤酒肚，顯得像個大蕃薯似的，我和楊媽媽捧腹大笑。

老朱很識趣地說：「牛哥有的是內涵和知識，這都是我沒有的。況且男人上了年紀，有肚腩是種福氣！」

二人愈見親厚，如今日子有了寄託，心裏充實了，爸爸和老朱再沒有空暇胡思亂想，顧影自憐，心情倒是愉快了不少。感謝老朱，讓爸爸能踏出失業的陰霾。

小朱辭退了地產店的職位，因為他成功考取地產營業員執照，受聘於大型地產商了。現在他每天穿着筆挺的西裝，進出規模龐大的寫字樓，眼界與人脈也拓寬了許多。見識廣了，心自然會寬，加上與父親重修舊好，小朱變得開朗、活潑和多言。

阿佘的頻道受到愈來愈多網民關注，除了分享化妝心得、進行直播，她還與不同店舖合作，走訪公共屋邨，宣傳本港不同地區的特色和人情味。馬達餐廳結業前，阿佘特意找馬老闆進行訪問，影片的點擊率很高，隨後幾間小店都爭相邀請她，硬塞了點廣告費給她。頻道有號召力，阿佘高興極了，立刻宴請我和志聰兩位美術顧問吃了頓豐富的自助餐。

每逢週末，小朱和阿佘都回到大廈，跟老朱吃晚飯。數月前的中秋夜，小朱還邀請余太太和志聰、我和爸媽去他們家，聚首一堂，共度佳節。酒意正酣，老朱和爸爸覺得只有二人進酒，不夠盡興，便邀請阿濤叔叔和繼康叔加入，小小的單位前所未有地熱鬧。

老朱雙頰緋紅，忽而向小朱和阿佘說：「你哋幾時拉埋天窗啊？我仲等住抱孫呢！」

余太太連忙推波助瀾：「是呀！盡早辦妥婚事吧。」

阿宗羞澀地笑了，臉頰比她擁有的任何化妝品的顏色都艷紅。小朱說：「我們也考慮過這個問題，不過現在的家太小，始終……」

老朱忙打斷兒子的話：「傻仔，結婚後當然搬回來住，你看這房子不小，住得幾個人有餘，也好省下一筆租金。」

小朱和阿宗相視而笑。我和志聰對視，也情不自禁地嘴角上揚。看來，不久後我們四人又能重拾昔日的歡樂時光。

更教人高興的是，小朱和阿宗能夠跟父母冰釋前嫌，儘管阿宗喪父，小朱喪母，但正正因為此缺陷，才促使他們跟在世父母的感情，變得更親厚。上星期，阿宗從房屋署取了張輪候公屋的表格，打算填寫，儘管機會微乎其微，但一試無妨。我瞥見她的身份證，名字是余梓嫻。原來，阿宗早已改回姓氏，缺少了的一豎填補了空缺，顯得圓滿。

酒酣耳熱，眾人分吃月餅的時候，我隱約看見窗外有個黑影走來，停在門前。

「叮咚。」門鐘響起，眾人的目光都像尖銳的箭，投射往大門的方向。

小朱見眾人喝得醉醺醺，便去應門。鐵閘一開，一個似曾相識的女子站在門前。

「請問……龍有祿仍住在這裏嗎？」不純正的粵語傳入眾人耳內。

阿嬌穿得一身黑漆漆的，能輕易融入夜色而不被察覺。原來她並不知道，那天晚上，龍伯伯已經死了。

「他幾年前已經被你活生生氣死了。」阿濤叔叔衝口而出。

阿嬌顯得有點錯愕，好像未能接受這個事實。她為何仍要找龍伯伯呢？難道想重修舊好嗎？難道她不是存心要騙龍伯伯？

但我們得不到答案。阿濤叔叔不問來由，便將大門關上，顯得有點不近人情。我透過磨砂窗，看見阿嬌的側影離去，漸漸消失於我們的視線範圍。倘若她是來認錯的話，恐怕太遲了。早知今日，又何必當初？團圓之夜，我忽然覺得，受盡千夫所指的阿嬌，原是個可憐人。

可憐的人，還有侯婆婆和阿九。

侯婆婆在上月一個雨天摔了一跤，據聞尾龍骨有一處骨折，街坊替她叫了救護車，侯婆婆便一直住院觀察至今。楊媽媽本來對此不聞不問，兩週前，她忽然問我，要不要跟她去醫院一趟，探望侯婆婆。

我說好，反正放假有空。我們便買了些水果，長途跋涉去醫院，循護士的指示踏入病房，卻見侯婆婆跟其他病友聊得正高興，內容不外乎又是她風光的年輕歲月。

侯婆婆跟我們寒暄幾句，便又側着身，和鄰牀的病友說得滔滔不絕。她牀前的鐵櫃放滿了水果、飲料和日用品，看來我們的心意是可有可無的。我忽然想起，曾幾何時，她的家門前也放置了這些善良的餽贈。

才逗留十五分鐘，楊媽媽便一言不發，捉住我的手腕，急急向侯婆婆告辭，母子二人便趕緊在日落前回程。我說：「一場來到，為何不多坐一會兒？」

楊媽媽淡然地說：「她不需要更多的聽眾。」

我默然，想起自己對詩雅的承諾。對不起，詩雅，我沒法兑現承諾，好好看管侯婆婆，使她跌倒了，不慎又墮入三年前顧影自憐的深谷。我想，除了你，沒有人能夠真正拯救到她。

三年前的那一別後，我再沒有見過詩雅，但願她與丈夫和兒子在異國能感受到溫暖與光明。

——・——

重陽節前夕，阿濤叔叔載我去探望阿九。

阿濤叔叔放棄了小巴，改行做的士司機，他說，他已過了追求速度和刺激的年紀。

我取笑他說：「那麼，十年後你是否要轉行駕電車？」

倒後鏡裏，阿濤叔叔揚起了嘴角。他的兩頰飽滿了，人也漸漸變得健康肥壯，與當年榕樹頭下，骨瘦如柴的他簡直判若兩人。憑着意志，阿濤叔叔擺脱了毒癮，毒品在他身上遺留的痕跡近乎消失殆盡。

步入一棟白色的建築物後，放眼望去，是一塊鬱鬱蔥蔥的草地。寥寥落落有幾個眼神空洞的病人，在草地上散步，有的躺臥草上，瞇着眼睛，觀看白雲的形狀。我們沿着廊道前行，在轉角的一隅發現了阿九。

阿九屈膝坐在長椅，顯得鬱鬱寡歡。見我們前來，他才猛然醒覺似的，跑過來説：「小舒、濤濤，你們終於來了！你們是否要帶我去金魚街？我要買魚糧，我怕小蓮會餓死。」

我安慰道：「阿九，你不用擔心，我一直有替你餵小蓮。」

阿九的情況很波折，三年以來，一直在精神病院進進出出。強制住院期本已屆滿了，他偏又弄出風波：他與院友不和，對方挑釁他，笑他是豬肉佬的兒子，阿九聽得厭煩，一怒之下，企圖用索帶勒住對方的嘴巴，使他噤聲。碰巧那天有官員到訪，看見這一幕，認定阿九有暴力傾向。不論院方如何求情，官員已一錘定音，阿九延期觀察成為鐵般的事實。

受了委屈的阿九，也不自怨自艾。院方沒收了他的斜肩袋，怕索帶成為兇器。他下意識仍緊握拳頭，放在胸前，緊緊攥住心中的那條揹帶，語帶憧憬地說：「姑娘說，只要我乖，很快就能離開遊樂場，回家與爸爸姨姨見面。等我出去後，我一定要跟小蓮結婚，然後搬回家住。我希望我們四人能住在一起，快樂地生活下去。」

事實是，小蓮死了，繼康嬸走了，家裏只餘下孤獨的繼康叔。但我知道，阿九的腦袋裏，永遠是童話般美好的景象。三年前，繼康嬸想方設法送他進來精神病院，阿九不但沒記恨，還惦記着她。

倘若所有人都像阿九般善良，那該多好。

——・——

翌日重陽節，爸爸大清早，鄭重地對我說：「小舒，我們今天去一個地方。」

「你不是要當早更嗎？」我疑惑地問。

原來，爸爸特意調了值更時間，到底有什麼要緊的事呢？

我們三人前往沙田寶福山，香燭與煙霧伴着我們的腳步拾級而上，飄進一個敞亮的大堂。堂內除了入口那面牆，另外三面都工整佈滿雲石碑，層層堆疊，最高者直抵橫樑，幾乎要觸及懸掛天花角落、滿佈塵絲的蜘蛛網。眾先人的黑白照片凝視着我們，碑石只有方寸之大，有些靈位還是由一對夫婦共同佔用的。

離世的人，能享用的空間也不比活人多。

爸爸環視了一遍，目光聚焦到高處一塊石碑，指給我看：「小舒，那就是你的媽媽。」

我目瞪口呆，瞬即浮現一個不孝的念頭：我不想知道親母的樣子。楊媽媽就是我的母親。倘若我與她「相認」，感覺背叛了身旁的楊媽媽。

楊媽媽或許知道我的顧慮，她微笑點頭，搭着我的肩膀，將我輕推到碑石前、親母的墓碑下方。

眼前是一束拜祭者擺放的百合花，幽香繚繞，旁邊是一盒白切雞，漫着黃澄澄的油光。

我的目光一格一格向上移，像平日在車站候車時，無所事事，會仰望對街的住宅，萬家燈火，思考每個方格裏蘊藏的故事。眼前，這羣與世長辭的人，又過了怎樣的一生？

我瞇着眼睛，好不容易瞄到高處的女子照片。這個面容陌生的婦人，竟跟我有着無比密切的連結。

母親的下巴尖削，臉稍稍向右偏移，眼神迷離地凝望鏡頭，有點虛弱。她賦予我寶貴的生命，卻同時喪失了她的。她本該擁有一個幸福的家、關愛她的丈夫，但這一切，都因為我的誕生，而煙消雲散。

我憑什麼將自己的誕生，加諸她的死亡？一陣無以名狀的愧疚感忽然侵襲心房。

墓碑上寫着，親母誕生於一九六七年，卒於二零零八年。屈指一算，親母原來也屬羊，只是她比楊媽媽大十二年。

「算命師説過，我屬牛，與羊相沖，但我兩任的妻子都偏偏屬羊。所以説，風水佬呃你十年八年，這些迷信之説不可信。」爸爸説，聲音在寬敞的堂裏蕩起回音。

「但我們也經常吵起來。」楊媽媽囁嚅道。爸爸擺出一副沒好氣的樣子。

或許，我的親母也像楊媽媽般，是個感性、善良、刻苦而堅毅的人。

我摟着楊媽媽，把頭顱埋進她的肩頭，不敢再正視我的親母。我虧欠兩個母親太多，太多。

爸説：「小舒，你長大了，要學會從好的角度想事情，要不是你的親母離去了，我也不會遇上你的楊媽媽，你們母子現在興許便是陌路人。」

是的，生命多奇妙啊，它由種種的相逢與離別、因果和巧合拼湊而成，像一幅瑰麗的畫卷。沒有人知道卷軸到哪裏才是盡頭，畫卷尚未完全鋪開時，沒有人知道後方的風景是怎樣的。

既然如此，與其執著於未知，我們更應該用心欣賞畫卷展示出來的部分，欣賞那絢麗的景色。

——・——

眨眼間，秋去冬來，又年近歲晚。舊的生肖要下崗了，新的生肖即將上任。十二頭動物輪流更替，一年一度的儀式，使我們不禁感慨：轉眼又過了一年。

年廿八，我在房間收拾雜物，一本大書忽然從櫃子的縫隙掉下來，砸到我的腳趾，痛得我哇哇大叫。

一看，原來是志聰多年前，在馬達餐廳借給我看的《生肖故事》，閱讀後我居然一直藏着，至今仍未歸還。我掃去封面的塵埃，打算物歸原主。紅彤彤的封面，十二頭動物依次排列，形成輪盤，驟眼看去，像個時鐘。

小時候很喜歡這種硬皮書，但現在的我，更想讀些細膩溫厚的故事。

完